はじめに

吉田満との出会いは私の後半人生（仕事人生）において大きな影響を与えました。平成二十七（二〇一五）年以降、弊ブログ「清宮書房」の中で、吉田満の著作『戦艦大和』を通して吉田満の生涯を追い、また関連作品も絡めながら、私の人生も振り返りました。それから七年、今回のコロナ禍の影響でしょうか、「清宮書房」へのアクセス数も増加、その中で特に注目されている記事について取り上げるとともに、己の鮮明な記憶を記録として残しておくことにも意義があるかもしれないと思い、本書を纏めることとしました。

平成三十（二〇一八）年十一月中旬に思わぬ「心臓カテーテル」の手術。お陰様で数日の入院で済み、十二月からは普段通り、今までの午前中はテニス、午後は読書中心の日常を送ってまいりましたが、八十歳も過ぎ、人生の最終章にいることを改めて自覚しております。これからは新規を求めるのではなく、しっかりと自分を見つめ、毎日をしっかりと歩まなければとの思いです。遠藤周作の真意とは異なるかもしれませんが、氏が病魔に脅かされながら呟いた次の言葉が浮かんできます。

六十歳になる少し前ごろから私も自分の人生をふりかえって、やっと少しだけ「今のぼくにとって何ひとつ無駄なものは人生になかったような気がする」とそっと一人で呟くことができる気持ちになった。

（遠藤周作『心の夜想曲』文春文庫　一九八九年　14、15頁）

ある面では相当変化のあった仕事人生のようにも思います。意義ある人生であったかは分かりません。長く、自慢めいた駄文で恐縮ですが、ご一読いただければ幸いです。

目次

戦争の時代に生まれて

私は昭和十五（一九四〇）年生まれです。五歳になる五か月前、三月十日の東京大空襲を、東京本所小梅で経験しました。自宅の床下に作られた防空壕から抜け出し、隅田川の支流、横川橋の袂に家族六人で逃れました。二歳上の姉と、なぜかお鍋の中にミカンを入れて懸命に走ったこと、横川橋が燃えていくこと、消防自動車が燃えていくこと、川に飛び込む多数の人……。幸運にもわれわれを含め、数家族は生き延びました。その翌朝、向島の父の姉の所に逃れていく際に、馬が四本の足を空に突き上げ死んでいたこと。そんなことを今でも鮮明に覚えています。

焼け出されたわれわれ家族は親戚宅で間借り生活でした。加えて父親は、二度目の召集を受け、兄二人は学童疎開で東京を離れました。玉音放送は避難先の二階で親戚家族と母、姉とかしこまって聞きました。幼かったので私には意味はわかりませんでしたが。覚えているのはB29の編隊がものすごい轟音をあげながら低空で飛び過ぎていったことです。なお、無事に生きて戻った父親は戦争のこと、兵隊生活のことは一切口にすることはありませんでした。

それから私が中学一年になるまでに住居を六回も転々とし、ようやく落ち着いた先は荒川の北側、川向こうの葛飾立石であったのです。その父も、九歳上の長兄も、七歳上の次兄も七十五歳で亡くなりました。私はそれより五年以上も長く生きており、時として、何か微妙な複雑な思いが交錯します。なお、家内の父親は沖縄戦で戦死、私の義理の叔父は南方で戦死でした。間借り生活と食糧難の中、われわれは生き延びてきたわけです。母親が東條英機の刑死の報をラジオで聞いた際、「東條さんだけが悪いのではないのに」と、そっと呟いていたことを鮮明に覚えています。

戦中生まれの一人として、「戦争とは何か」ということは、生涯を通じて追究していきたいテーマとなりました。ここで、いくつかの書籍とともに、戦争について私なりに少し考えてみたいと思います。

◆一九三〇年代の戦争は何をめぐる闘争だったのか
——加藤陽子『天皇と軍隊の近代史』より

『天皇と軍隊の近代史』において、著者は、「憲法とは社会的秩序の表現、国民社会の実存そのものである。すなわち、国家を成立させている基本的枠組みである」と述べています。

第二次世界大戦後は、長く激しい戦いの果てに勝利した英米仏ソなどの連合国が、敗北したドイツや日本の「憲法」をいかに書き換えるかが問われておりました。

なお、ニュルンベルク裁判（ドイツの戦争犯罪を裁く国際軍事裁判）に先立ち、米英仏ソ四か国の代表を集めて開催されたロンドン会議において決定された国際軍事裁判条例の第六条の内容は、「1・侵略戦争を起こすことは犯罪であり（戦争違法観）、2・戦争指導者は刑事責任を問われる（指導者責任観）」というものでした。この二つの概念は従来の歴史上にはない、いわば革命的法解釈であり、2の指導者責任観は極東国際軍事裁判、いわゆる東京裁判でも検察側、弁護側共に事後法であり、国際法上の概念として新しいものだとの認識を持っていました。なお、それまでの旧来の国際法の了解では、戦争責任は国家＝国民全体の負うべきものであるとされてきました。事態的には敗戦国が相手国への領土の割譲や賠償金の支払いで、実態的には敗戦国民が全体で背負うものと考えられていたわけです。

加えて、一九三〇年代での大きな変化は、アメリカの中立法の制定です。一九三七年五月に改正されたアメリカ中立法は、日中国間の紛争に際して大きな影響を与えました。その内容としては、1・武器・弾薬・軍用機材の禁輸、2・戦争状態の認定について大統領の裁量権を認める、3・交戦国の公債・有価証券の取扱いの禁止、交戦国への資金・信用供与の禁止、4・物資・原材料の輸出制限（現金・自国船主義による）など包括的なものでした。

著者は、日本側を苦しめたのは中立法の2と3であったと記しています。中国に対して日本が宣戦布告を行うかどうか、その可否につき、外務・陸軍・海軍三省が費やした議論の大部分が、アメリカ中立法発動の可能性の有無に向けられていました。片や、宣戦布告を行う利点は、1・戦時国際法の認める軍事占領・軍政施行など、戦時国際法で定められた交戦権の行使、2・中立国船舶への臨検・戦時禁制品輸送防遏・戦時海上封鎖、3・賠償金を正当に請求できる、などが挙げられていました。その中で、日本は宣戦布告をしないことを選んだわけです。日中戦争を表現する際の日本側の語彙が変化していくことについては、「第4章・一九三〇年代の戦争は何をめぐる闘争だったのか」に次のように記されています。

第一次近衛《このえ》文麿《ふみまろ》内閣において、首相のブレインであった知識人グループ、昭和研究会作成と推定される「現下時局の基本的認識と其《その》対策」（三八年六月七日付）には、次のような、日中戦争の性格づけが見られます。「戦闘の性質——領土侵略、政治、経済的権益を目標とするものに非《あら》ず、日支国交回復を阻害しつつある残存勢力の排除を目的とする一種の討匪戦《とうひせん》なり」。目の前の戦争を、日本側は匪賊《ひぞく》を討伐するという意味で、討匪戦と呼んでいました。

（加藤陽子『天皇と軍隊の近代史』181－182頁）

……三二年の論考「現代帝国主義の国際法的諸形態」でシュミットが述べていた「真の権力者とは自から概念や用語を定める者」を想起する時、昭和研究会はさすがに当時の第一級の知識人を網羅していただけあって、「自ら概念や用語を定める者」であるアメリカに似せて、自らの新しい戦争の「かたち」に名前を与えていたのではないか、との見方を示したかっただけです。三〇年代の世界と日本の歴史を眺めていますと、将来的に東アジアあるいは環太平洋地域の「真の権力者」となるはずのアメリカが創出しつつあった新しい国際規範を横目で確認しつつ、自らの遂行する戦争の「かたち」、戦争の「かたち」だけを、アメリカ型の新しい規範に沿うよう必死に造型していた日本の姿がどうしても目に浮かぶのです。

（前掲書　１８２頁）

いかがでしょうか、私は改めて知るところです。私は当時の第一級の知識人である三木清、蝋山政道、大河内一男、笠信太郎、東畑精一、三枝博音、清水幾太郎、中島健蔵、高橋亀吉等々、錚々たるメンバーによる研究内容の一端を本書で知ったわけです。著者は本章の最後に次のように記しています。

戦争一色の時代に見える三〇年代ですが、シュミットが「激しい対立はその決定的瞬間において言葉の争いになる」（長尾龍一『カール・シュミットの死』木鐸社、一九八七年、一六二頁）と述べているように、この時代の歴史は、むしろ語彙と概念をめぐる闘争の時代であったといえるでしょう。

そうであるからこそ軍事力ではなく、経済力でもなく、言葉の力で二一世紀を生きていかなければならないはずの若い世代の方々には、是非ともこの時代の歴史に親しんでいただきたいと願うのです。また、自らが生を受けた時代であったが故に距離感をもってこの時代を眺めることができなかった世代の方々には、中立法を経済制裁の手段として使おうとするアメリカ流の法概念の面白さなどから入ることで、いわば時代を鳥瞰図として眺める姿勢を身につけていただければ、書き手としてこれ以上の喜びはありません。

（前掲書　183‐184頁）

『天皇と軍隊の近代史』は、人生の大半を生きた昭和の時代を自分なりに再検討し、僭越ながら今を観ようとしている私にとって、とても参考になりました。加藤氏の著書には今までも数冊目を通してまいりましたが、疑問に思っていた宣戦布告なき日中戦争、敗戦時の日本軍武装解除等についても、本書を読むことによって改めて明らかになった次第です。

◆中学時代の回想と花山信勝『平和の発見』

東京裁判でのクラス分けに過ぎないA、B、C戦犯が、いつ頃からなのでしょうか、A級戦犯を最も重い戦犯と見なすようになりました。巣鴨拘置所において、A級戦犯東條英機他六名、B・C級戦犯二十七名の刑執行直前まで立ち会ったただ一人の教誨師《きょうかいし》・花山信勝が著した『平和の発見　巣鴨の生と死の記録』(方丈堂出版)という書籍があります。それぞれの戦犯となった方々の最後の有り様を記録したもので、私は時には涙を浮かべながら読み通しました。

加藤氏は『天皇と軍隊の近代史』の最後の章「『戦場』と『焼け跡』のあいだ」で、花森安治がその東京大空襲の死傷者数にこだわって、「三月十日午前零時八分から二時三七分まで、一四九分間に死者8万8千793名、負傷者11万3千62名。この数字は、広島、長崎を上まわる」と書いている、と記しています（348頁）。

加えて、私の忘れがたい記憶は中学三年の時のことです。社会科の先生が、戦中を語る際、指導者は「馬鹿だ、馬鹿だ」と何度となく繰り返すことに、私は妙に反発し、その私の態度が自然と出ていたのでしょうか、問題児扱いをされたこと。加えて、英語の担当先生が私の自宅まで上がり込み、「赤旗」をとるよう母親に勧めていたことなども、なぜか鮮明に覚えております。その後、石川達三の『人間の壁』が出版され、映画化もされましたが、何か現実との違和感を持っていました。

私は今まで幾度となく戦前・戦中・戦後と変わらない、反省のない、否、むしろ独りよがりの正義をかざすようなメディア（新聞、ラジオ他）の在り方に疑問と危機感を抱いていると記してきました。表現の自由、報道の自由とともに、報道しない自由もあるわけです。マスメディア（現在では新聞、テレビ、週刊誌他）は誰も制御できない大きな権力を持ってしまったのではないでしょうか。民主主義の持つひとつの欠陥でしょうか。

なお、著者は別の視点からですが、次のように記し、本書を閉じています。

映画監督の伊丹万作が死の半年ほど前に書いたエッセイ「戦争責任者の問題」がある。伊丹は、多くの人々が今度の戦争で軍や官にだまされていたと嘆いてみせるが、それはありえないと書き出す。「いくらなんでも、わずか一人や二人の智慧で一億の人間がだませるわけのものではない」と。そして、普通の人々が日々の暮らしのなかで発揮した「凶暴さ」を鋭く告発していた。

少なくとも戦争の期間をつうじて、だれが一番直接に、そして連続的に我々を圧迫しつづけたか、苦しめつづけたかということを考えるとき、誰の記憶にも直ぐ蘇ってくるのは、直ぐ近所の小商人の顔であり、隣組長や町会長の顔であり、あるいは郊外の百姓の顔であり、あるいは区役所や郵便局や配給機関などの小役人や雇員や労働者であり、あるいは学校の先生であり、といったように、我々が日常的な生活を営むうえにおいていやでも接しなければならない、あらゆる身近な人々であったということはいったい何を意味するのであろうか。

重病に冒され、死を前にした伊丹は、「だまされていた」という人々を見ると暗澹たる気持ちになるという。なぜなら「『だまされていた』といって平気でいられる国民なら、おそらく今後も何度でもだまされるだろう。いや現在でもすでに別のうそによってだまされ始めているにちがいないのである」と。

（前掲書　３５５頁）

現役時代を振り返って

◆大学時代、そして岡谷鋼機株式会社入社

私は昭和三十九（一九六四）年、横浜市立大学商学部を卒業しました。佐藤豊三郎ゼミで佐藤先生と出会い、教えを頂いたことが私のその後の人生に大きな財産となっています。佐藤先生はノーベル経済学賞のJ・R・ヒックスに造詣の深い、近代経済理論学者です。先生は、J・M・ケインズの『雇用・利子及び貨幣の一般理論』を訳された名古屋大学・塩野谷九十九教授との交換教授で横浜市大に見えました。したがい、佐藤ゼミの先輩には一橋大学長の宮沢健一教授、一杉哲也横浜市大教授他、学者になられた方々が多いように思います。

なお、私の卒論は「J・ロビンソンの利潤率低下の法則批判に対する一試論」で、J・ロビンソンの『マルクス主義経済学の検討』を中心に、私なりに多くの文献を参考に論じたものです。その卒論ですが、先生が退官される前に、各ゼミ生に卒論をお返しくださいました。驚いたことに、われわれゼミ生が提出した原稿用紙が素晴らしい表紙で製本されていたのです。その中身までもが立派なものと勘違いするものでした。私は今でもその卒論を、書棚にある白著の横に並べております。

卒業後は、ゼミの推薦で岡谷鋼機株式会社に入社しました。ちょうど、東京オリンピックの開催の年のことです。配属は新丸ビル二階の東京支店・経理部財務課で、その前年に米国岡谷鋼機が発足し、それに合わせて新設された部署でした。その部署の上司は代々、米国岡谷鋼機のトレジャラー（財務担当役員）となって米国に赴任していきました。

なお、岡谷鋼機は鉄鋼会社ではなく鉄鋼一次問屋の総合商社です。現在では日本で最古の商社かもしれません。二〇二〇年十月、創業三百五十周年記念（全国笹友懇親会）が名古屋ニューキャッスル・ホテルで行われました。懇親会は、例年は東京、名古屋、大阪の各地でそれぞれ別途開催されますが、この時は合同懇親会でしたので社長以下、全役員と全国の元気な卒業生（男女）の二百七十五名、関係者を入れると三百数十名が参加し、当該年に亡くなられた卒業生への三分間の黙祷の後、盛大な懇親会となりました。

私が若手社員だった昭和四十年代は、中国の文化大革命、中国の初の水爆実験、東大安田講堂封鎖、全米に亘るベトナム反戦運動、「よど号」事件、三島由紀夫割腹自殺、浅間山荘事件、ドルショック、沖縄県本土復帰、田中角栄首相訪中による日中国交正常化、第一次オイルショック等々、記憶に残る事象・事件があった時代のように思います。

◆組合の執行委員時代

そうした中、大学の全共闘騒動の残滓、あるいはその流れでしょうか、商社業界でも労働組合運動が盛んとなる時でもありました。昭和四十五年でしたか、岡谷鋼機でも労働組合が発足し、同時に全国商社労働組合連合会に加入。

　すると数年後、あれよあれよという間に私は岡谷鋼機労働組合・本部副書記長に選出されたのです。数年下の後輩が組合専従・書記長となりました。私の部門の上司は、私が本部執行委員になるのは困ったと思います。その後は、商社業界始まって以来となりますが、労組として二十三波のストライキを打たざるを得なかった、極めて厳しい数年の本部執行委員の時代を私も経験したわけです。僭越な表現となりますが、労使とも厳しい時代であったかもしれません。

　片や、全商社労働組合として支援していた大手商社・安宅産業が破産した時代でもありました。従業員の親睦団体から労組になった、初代労働組合委員長の中村氏が苦悩していた姿を今でも思い起こします。


　その後、組合本部執行委員内部での大きな意見の相違も生じ、私は本部執行委員を降りました。その執行委員であった仲間の中には、八十数歳になる現在でも「憲法九条を守る会」で熱心な運動を続けられている方もおられます。二年前の年（二〇二〇年）に彼から届いた年賀状には「安倍政治には未来は託せない。……この一事を訴え続けて参ります」とありました。私とは、思想というか考え方は大きく異なりますが、それはそれで立派なひとつの生き方ではないでしょうか。

私が組合執行委員の身分上の異動協議対象から外れたちょうど一年後の翌日の一九七八（昭和五十三）年十一月一日、私に米国岡谷鋼機出向の発令がありました。組合としては左遷との異議を出しようもなく、組合も盛大な送別会をしてくれた場面が鮮明な思い出となっています。また、その年の三月、成田空港反対同盟を支援する極左暴力集団による成田空港管制塔占拠事件が起こり、空港は三月から五月へ開港が延期になりました。そうした影響もあり、空港は十一月でも厳戒態勢が敷かれており、私の家族も見送りはできず、私一人で成田空港を発ちました。空港及び周りの異様な、物々しい光景をも思い出します。

私はこれまでの出向者では例外的扱いだったようで、赴任地のニューヨーク本社に直行ではなく、ロス、シカゴ、ヒューストンの各支店を経由し、十一月三十日、雪の降る、独特の臭いの漂うニューヨークにある本社に赴任いたしました。特別扱いのためか、何か微妙な雰囲気を私は抱きました。三十八歳の時でした。なお、半年後には家族帯同となりました。

現地の邦銀取引銀行であった協和銀行にも着任の挨拶に伺ったのですが、財務課時代にお世話になった協和銀行の課長が支店長として先に赴任されておられ、「岡谷さんは古い会社なのですが、大胆なこともするのですね、清宮さんは赤旗を振っていたのに」との笑い話でした。

そしてたまたま、一九七九年にニューヨークの紀伊國屋書店で買い求めた吉田満『鎮魂戦艦大和』（講談社　一九七四年）は、私の人生に大きな影響を与える一冊となりました。吉田満については、後述します。

◆米国岡谷駐在時代

二〇〇一年の九月十一日、四機の旅客機がテロリストにハイジャックされ、二機はニューヨーク・マンハッタンの世界貿易センタービル（ワールドトレードセンター、通称ツインタワー）に突っ込み爆破。一機は国防総省本庁舎の西側正面に突入、残りの一機は乗客と乗員が他の航空機の突入を知り、ハイジャック犯に立ち向かい、ペンシルベニアの草原に墜落しました。これを機に、アフガニスタン紛争が起こりましたが、二〇二一年に米国はアフガンから撤退。これも大きな歴史の転換点なのでしょうか。

私は、ニューヨーク駐在時、あの爆破されたワールドトレードセンターの二十階のオフィスに六年間、ほぼ毎日通っていました。二十四人の亡くなられた日本人の中には、元富士銀行の知人もおります。同ビルでお世話になった徳丸医師は、事件の時間にはたまたまミッドタウンにおり、無事との報道に接しました。

今でも自宅居間の壁に飾られているエッチングは、クィーンズ地区から見たブルックリン・ブリッジを描いたものです。その背景にはマンハッタン島のツインタワーが見えます。私はそのエッチングを大切にしております。そんなことも想い起こします。

赴任から数年後、私は五代目のトレジャラーという重責の役職につきましたが、英語はからしきだめでした。当然のことですが書類が全て英語、「ニューヨーク・タイムズ」紙も相当分厚く、どこを読めばいいのか戸惑いの続いた日々をも思い出します。悪戦苦闘の六年間でした。

なお、先に帰国されましたが、既にニューヨーク本社には岡谷篤一取締相談役が社員として駐在されておりました。米国の大学を卒業され、英語も堪能で公私に亘り支援・援助を頂いたこと、今でも当時の状況が鮮明に思い出され、恥ずかしい思いと同時に、感謝の気持ちでいっぱいです。

また、当時のアメリカは、人種差別（黒人、ユダヤ人、ヒスパニック、オリエント等々）が色濃く残っていました。私たち日本人駐在員の住まいの選択や、ゴルフ場における経験でも身近にそれを感じました。したがって、後年になりますが、オバマ大統領の誕生は、私の想像のできないことでした。しかしながら現在でも、アメリカをはじめとして人種差別問題が大きな話題というか、騒動になっております。共産主義か、民主主義かという主義・制度の問題とは全く次元の異なる、大きな難題と考えています。アメリカのみならず人種差別問題は解決の難しい、極めて重い課題です。そうした人種差別的感情は今後も世紀を超える大きな課題なのかもしれません。

本論に戻りますが、業務遂行と同時に、種々の場面で感じ取ったことは、アメリカ人スタッフは、日本の多くの会社員に見られるような「会社全依存」とは異なるということでした。全面的には会社には依存せず己を持っていて、本物の親切心がある。もちろん、全てのスタッフがそうだったのではありませんが、親身になって私に接してくれた経験と、加えて、アメリカ人のおおらかさ、柔軟性を、身をもって知りました。

その一例ですが、ある時、本社金庫の中の現金が盗まれました。警察官及び刑事による捜査が始まりました。その時、事件に関わりたくない日本人スタッフとは異なり、アメリカ人スタッフが親身になって私を支えてくれたのです。当時の米国では、保険加入者と保険会社とで直に保険契約を結ぶのではなく、その間にブローカーという存在がありました。この時、なぜか、現金盗難には保険を掛けていなかったのです。当然のこと、保険金は全く出ません。社長から「君が責任を取れ、弁償せよ」と言われ、窮地に陥った私は、ブローカーの責任者に「仮の話ですが、以前に保険を掛けていた、としたらどうでしょうか」

と持ち掛けました。驚くことに「Good Idea」という回答。契約日を遡った保険契約となり、当方の口頭での申告通りの現金全額が保険会社より出たのです。

なお、本業のトレジャラーの重要な業務のひとつは与信業務でした。ダンレポート（企業調査レポート）並びに客先のバランスシートを徹底的に読み込み、与信を決定します。そうした日本とは異なる諸々の経験が、帰国後の私の業務遂行の上で大きな力をもたらしたと思います。帰国後になりますが、会計処理の不正の解明、それに伴う当該者の処分等、つらい数件の事案・事件にも遭遇しました。そうした諸々の経験が、私の六十歳代後半の企業再生、再建を任された数社の会社経営の上でも、大きな力に……というか役立ったと思います。

加えて、取引先の邦人銀行の支店長の方々、大手会計事務所の会計士の知遇を得たことが、帰国後の仕事遂行上の大きな力になっていきました。また、親しくお付き会いをしていただいた各銀行の支店長の皆さんが帰国後は副頭取、副社長等々になられ、その後も皆さんとお付き合いをいただけたこと。更には新たな数社での仕事になりますが、引き続きお付き合いをいただいたことが大きな力となりました。

余談の自慢めいた話になりますが、当時のアメリカでは、約束手形ではなく小切手が決済の主流でした。日本では手形交換所は一日で決済されますが、アメリカでは東西の時差があるため、手形等決済には二日間を要します。私はそこに眼を付けました。一九八〇年初頭のことです。

ニューヨーク東銀信託の発案で、米国岡谷の各地の支店で回収した小切手を、各地の取引銀行に預けます。支店は同時に本社の私の部署と本社取引銀行にその旨通信。同銀行がフェデラルバンクのグリーンチェックを当社の本社口座に同日入金する、という新たな方式です。

米国岡谷鋼機は、この方式の企業化第一号でした。預金の集中システムにより資金のより有効な活用化を図る、いわゆる「ゼロバランス・システム」と称するものです。なお、これは私の造った造語で、本来の英語では「BALANCE of ZERO」かもしれません。これが全米に拡がっていきました。その結果、ダンレポートを見れば分かりますが、企業各社の本社に預金が集中し、支社の預金残高は限りなくゼロになっていきました。ある著名な学者は、このシステムを「コロンブスの卵」だと評しておりました。

駐在六年目の昭和五十九（一九八四）年春、先々代・岡谷社長が視察を兼ねて米国岡谷に見えました。そして、内々辞の話として人事総務本部への異動を告げられました。私は驚きとともにある種の不安を覚えました。私が赴任した当時は、管理職ではなく労働組合員であったため、組合との協議上、出国前の部署に戻るとの決まりがありました。数か月後の正式発令では経理部本部となりました。ロサンゼルスオリンピックの最中でしたが、日本へ帰国となりました。赴任時と大きく異なり、箱崎のシティエアターミナルで会社の皆さんが大勢で出迎えてくれたことに吃驚すると同時に、時の流れを感じました。

私の人事異動の真意は分からずじまいでした。経理部本部では、私をどう扱っていいのか困ったようで、仕事らしい仕事はほとんどありませんでした。たまたま決算監査を手伝っている時に、伝票上、クレーム処理と記された何か不自然な、少額でしたが経費出金伝票が目に付きました。当時の上司からは、そんな少額の数字にこだわるな、米国と違って日本本社の規模は大きいのだからとのお言葉がありました。私が伝票起票者を呼び質問すると、弁舌爽やかに答えが来るのです。なぜ、このような少額の経費についてスラスラと説明ができるのか、ますます不思議さを感じる中、更にC社とY社の振替伝票ミスという言い訳が出てきました。米国から帰国して間もない私には、「帳簿の配列はアルファベット順」思考の頭が残っていました。C社とY社では距離があり、極めて不自然な現象と感じたわけです。そこで調べを続けると、膨大な振替伝票（振替伝票には部長印が不要でした）等々が出てきたのです。私は起票者の上司である課長に、「彼は残業を多くしていませんか」と問いました。すると、「本当によく残業もしてくれ、頑張っている」とのこと。やはり、と私が合点しました。このようなことは課員が多くいる昼間では絶対できない事務作業なのです。その調査途中でしたが、帰国から半年後に、私は人事総務本部発令となりました。その後、不正を行っていた起票者は懲戒解雇となりました。また、当該部署の部課長の降格を含めた人事異動、担当役員の配置換え、という結末となりました。

◆人事総務本部時代

一九八五年は、プラザ合意、並びに男女雇用機会均等法が制定された、ひとつの新たな時代の始まりの年でもあります。均等法の施行に合わせて講習会にも参加しました。組合側で団体交渉の場にいた私が、会社側の団体交渉メンバーに入っていくことになったのです。はじめの段階では、私は大きな違和感というか困惑感を否めませんでした。と同時に、組合側も怒ったというか、困ったでしょう。その中で私なりに全力を傾け、当時大きな課題であった労使正常化への七年間を過ごすことになります。当時は商社業界でも、それこそ全共闘時代の残滓でしょうか、激しい団体交渉が行われておりました。人事総務担当役員は激務のためか、何代にも亘り身体を壊し、当時の役員も任期途中で病死されました。担当役員の交代があり、会社としては三度目の取り組みになりますが、新たな人材を各部署から選出し、人事総務本部の陣容を一新しました。会社組織も、事業本部体制から、名古屋本社、東京本社、大阪支店等々、新たな本・支店制の体制作りを進捗させていきました。その後、本・支店制は定着し、今日に至っております。一方で、最大の課題であった労使正常化も果たしたわけです。私自身の力不足感は否めませんが、苦闘の貴重な七年間でした。上司の力量と胆力、後輩を育成する努力は大いに学ぶところがあり、そうした環境下にいたことが、その後の私の会社人生の上で大きな力となっていきました。そうしたことも岡谷鋼機が三百五十年も続く要素のひとつかもしれません。

会社側も同業商社の人事総務部門との連携を図るべく、大倉商事、東食、湯浅、東京貿易ほか九社で「九社会」という部長会を形成しておりましたので、交代により私が新たに参画したわけです。なお、「九社会」の仲間であった大倉商事、東食は数年の後、その名を消していきました。

日常の仕事からは少し離れた話になりますが、その時代に、親友である住友石炭鉱業の南雲定孝・労務部長の仲立ちで、日本労働組合総評議会（総評）専務理事・松橋茂氏との三人の懇親会が持たれたことは私の中に映像として鮮明に残っています。その契機から、岡谷鋼機の団体交渉の会社側代表の常務並びに本部長の取締役、副本部長と私の四人と松橋茂氏の会合が行われました。意見交換の上、労働界の状況、団体交渉の在り方等々、ご教授いただきました。その親友は、双方育ちが東京葛飾区立石で、両者の会社の上司の方々には、財務課時代にも親しくしていただきました。

懐かしい思い出としては、私が経理部財務課時代、私の上司の部長と南雲氏三人と東京駅近辺で飲み明かした時のことです。私は結婚し練馬区に住んでおりましたが、南雲氏の葛飾立石の実家に泊まり込みました。翌朝、「変なおじさん」二人が恐縮しながら二階から降りてきたのに南雲氏の母上がびっくりしていたことが思い出されます。南雲家の朝食を頂いた後、三人で柴又帝釈天をお参りしました。ちょうど、「寅さん」の撮影が行われており、参道は人でいっぱい。例の「とらや」のお店に入りました。はじめは気が付かなかったのですが、横のテーブルには監督の山田洋次監督他三人の方が雑談されておりました。撮影が始まると同時に、撮影前には気持ちを集中させるためでしょうか、別部屋から寅さんが突如現れたこと。同時に八千草薫さんの美しさに驚いたこと等々、鮮やかな思い出です。

◆初代の海外事業部時代

平成四（一九九二）年、中国を除く海外事業部（中国部は別組織としてありました）全ての海外子会社、支店・事務所の統括責任者としての六年間の、これまた貴重な体験が始まるわけです。

鮮明な記憶としては、新たにミャンマー海外駐在事務所の開設にあたり、私は現地に飛んだことがあります。状況調査、営業拠点探し。駐在候補者を現地に呼び、ホテルでスコールの激しい音を聞きながら駐在の重要性を説いたこと。かのスー・チー氏は自宅に軟禁中でした。その評価は日本とは異なり、現地でのスー・チー氏の評価は半々という感じでした。氏の住宅は、近隣の住居とは異なり広大な敷地の立派な建物です。スー・チー氏が軟禁された邸宅の塀の上で演説を始めるたびに集まる群衆の様子が日本のテレビでも報道されるので、日本から私たちの安否を問い合わせる電信がホテルに入ります。そして、入るたびにコピー用紙代が請求されるのです。当時、ミャンマーでは紙は貴重品でした。ホテルに隣接されたレストランの各テーブルにはティッシュボックスが置かれており、私たちに使えとしきりにウェイトレスが勧めます。ティッシュボックスがあることはそのお店が高級である証なのでした。加えて、日本の街頭で宣伝用に配られる無料のティッシュそのものが現地のお店で積み重ねられ、商品として売られていた情景を思い起こします。また、偶然にも、当地で二ューヨーク駐在時にお世話になった協和銀行の副支店長と出会ったこともありました。協和銀行もミャンマー支店の開設を目指していたのでした。

当社は、ミャンマーにおいて日本企業として十六番目に事務所を開設しました。その五、六年後でしたか、いろいろと現地でお世話になったテインテイン・ウイン女史のご主人が、軍事政権下で殺されたとの悲しい知らせが入りました。

アメリカから生じた移転価格税制が各国に広がり、その対応のためデュッセルドルフの現地法人に飛び、現地税務当局と税額を決定。フランクフルトからニューヨーク、ソウルへ直行し各現地法人を訪れ帰国したこと等々も懐かしい思い出のひとつです。

また、その時代に私は在外企業協会に参画しておりました。そのひとつの部門の座長となった際に、協会主催の講演会が東京護国寺のホテルで開催され、「駐在員としての要件」といったテーマで私なりの講演をしました。その後のお開きの会で、立命館大学の方との名刺交換となり、講演は大変好評を頂きました。お世辞と思っておりましたが、後日、その方が会社に現れ、「実は立命館大学が九州に大学を新設するので、来ていただけないか」とのこと。驚きましたが、仕事に力を注いでいるのでと丁重にお断りをいたしました。

一方、私が組合の執行委員時代、大変お世話になったニチメン、トーメン等の名前が消えていく商社再編成時代でもありました。

◆子会社の時代

続いて、平成九（一九九七）年、五十七歳の時点で創業七十年を超える管工機材の一次卸問屋へ転出しました。創業者一族が経営していましたが傾き、大手仕入れ先の岡谷、積水化学、ＴＯＴＯが支援に入ることになったのです。岡谷からは社長及び監査役、他の二社は監査役という陣容でした。私は子会社の常務として、再建に取り組むことになりました。なお、人事総務本部時代に、岡谷では他商社に先駆けて五十五歳及び五十八歳の退職金早期割増制度を設けましたが、私は覚悟して岡谷鋼機からの離籍を選び赴任しました。

赴任して驚いたのは、その会社の労組の書記長が二十数年前と同じだったことです。当該子会社の組合は同盟系ですが、関東化学印刷一般の支部でした。以前、私は全国商社労働組合連合の組合側来賓として、その組合結成十周年に出席していたことがあったのです。赴任してきた私を見た書記長も驚いていましたが、当然のこと、書記長は私の着任の意図を感じ取ったはずです。

加えて、子会社の顧問弁護士は私が組合員の時代、岡谷鋼機の法廷弁護士だった宇田川昌敏氏でした。双方、その奇遇に驚きましたが、宇田川氏には子会社の合理化推進の時代もその後も、大変お世話になりました。岡谷の法廷弁護士時代、氏は高名な和田良一弁護士事務所に所属していました。その後、独立して弁護士事務所を開いていたのです。和田良一氏は、私の人生に大きな影響を与えた『戦艦大和』を著した吉田満の親友です。

故人となられた宇田川弁護士の「お別れの会」では、和田弁護士事務所の代表としてご長男の和田一郎弁護士が挨拶をされました。その会で一郎氏とお話ができ、良一氏と吉田満との、とても微笑ましい、新たなエピソードもお聞きできました。

話を元に戻します。先行きの組合との団体交渉等々を考えて、単身赴任を決めました。私は練馬区在住ですが、子会社は葛飾区立石の隣、奥戸が本社でした。立石は私が小学四年生から結婚するまで育った場所で、現在も親友の南雲氏が住居を構えている、いわば、勝手知った私の本拠地であったわけです。

その時、岡谷篤一社長より依頼された最初の仕事は、長年に亘る不可解な会計処理の解明でした。赴任から半年後、岡谷常務会で経緯経過及びその解明を発表し、歴代の関係者の処分に至りました。

そして、一年後には専務に就任しました。二年後には、前例のないことですが、その子会社の株を持ってほしいとの岡谷社長の依頼で、ほんの一部ですが子会社の株を持ちました。私は岡谷出身として、子会社六代目の社長に就任することになりました。本社に帰らない本物の社長が来たと、社員をはじめ業界でも評価されていきました。

社長に就任後は、遊休土地の売却、三件の大口不良債権の処理、一店舗及び併設倉庫の閉鎖、二店舗の新規開設、そして、最大の課題である三割の人員削減等々、いわゆる合理化の推進と労使安定への取り組みを本格的に開始しました。団体交渉も、社長である私自らが行いました。これも子会社では初めてとのことでした。財務課時代、組合執行委員、そして海外でのトレジャラーの経験、会社側の団体交渉メンバーにも加わった人事総務本部等々の経験がとても役立ったと思います。

そして、六十一歳の時点で岡谷本社との微妙な差を感じ、私は辞任の意向を出しました。そのことも少しは関係するでしょうが、翌年の平成十三（二〇〇一）年の株主総会当日、任期満了で退任となりました。突然の社長交代人事だったため株主総会は異様なものになりましたが、私としてはホッとした、安堵の気持ちでした。その後、管材業界からも多くのお声掛けがありましたが、合理化推進で去らざるを得なかった社員の皆さんのこと、加えて自由になりたいとの私の気持ちが強く辞退させていただきました。私の退任から二年ほど後には労組の委員長、書記長も会社を辞め、新天地で活躍されております。ひとつの重責の長に立った方というのはどこででも通用するのですね。お二人とはその後も一献を傾け、私の出版記念会にも出席いただきました。

なお、この頃の、二度と経験のできない楽しい思い出は、シドニーオリンピックへ行ったことです。仕入れ先の積水化学所属のマラソン選手・高橋尚子さんを応援すべく、われわれ卸業社による応援団を結成したのです。私も招待され、観戦ツアーに参加させていただきました。あの素晴らしいオリンピック・スタジアムの前の方の席に陣取り、Qちゃん帽子を被り、仲間と共に応援したのです。あの優勝……ゴールは歓喜、歓喜の瞬間でした。その前日には、例のウイニングランをした日の丸国旗に、私も寄せ書きをしておりました。加えて、帰りの空港では田村亮子さんに出会い、私のパスポートにイラスト顔の入ったサインを頂きました。今でもそのパスポートは大事に保管しております。また、帰りの飛行機は柔道選手の皆さんと同じでした。体の大きい方はビジネスクラスでしたが、田村さん他、小柄な方はエコノミークラスだったようです。私の斜め前は篠原信一選手、前は井上康生選手他の皆さんでした。機内放送で「選手の皆さんが乗られておりますが、皆さんお声等はご遠慮ください」とのことでした。現地シドニーでは柔道はあまり放送されておらず、したがって選手皆さんの勝敗も分からずでしたので、飛行機を降りる際に、ただ「ご苦労様でした」と皆さんにお伝えしました。

自由な時代

退任した平成十三（二〇〇一）年の秋に、家内と九州を旅行し、改めて自由のわが身を感じました。

その後拓殖大学のオープンカレッジで学ぶことにし、海外事業研究所の渡辺利夫教授（後の大学総長）が主催するアジア塾、更には、かつて佐瀬昌盛氏の著作『摩擦と革命』に感銘を受けたことがきっかけで氏が主宰する国際塾に入りました。佐瀬氏は東欧の専門家です。なお、その数年後、国際塾は大学院となりましたが、残念ながら私は大学院は断念しました。アジア塾には平成十八（二〇〇六年）まで通いました。

それと同時期、平成十四（二〇〇二）年には練馬区の生涯学習団体「すばる」に入り、事務局長兼副会長として日々を楽しんでいました。練馬区が授業料の半分を負担してくれる制度を利用して、平成十八（二〇〇六）年から一年間、武蔵大学の特別聴講生となり、講座「アメリカの歴史と社会」を受講いたしました。アメリカにおける宗教の歴史で、極めて高度な内容でした。当初は三十名近くいた受講者は、僭越至極な表現ですが、宗教には関心がないのか、あるいは理解できなくなったのか、次第に消えていき、ついに受講者は私だけとなってしまいました。恐縮して辞退を申し上げたら、「それは困る。講座がなくなるから」とのことで、最後までご教授いただきました。私には極めて興味深い講義でした。修了に際し、種々の参照図書が示され、小論文の提出となりました。先生が数多くの参考図書を挙げられた中から、私はビートたけし『教祖誕生』（新潮文庫）、及び神保タミ子『脱会』（駿河台出版社）を取り上げ、小論文「現代の日本を省みて　問われるべきものは何か」を提出しました。教授より成城大学の受講に来ないかとのお誘いを受けたのですが、頼まれ事が多くなり、残念ながらお断りしました。修了後、練馬区教育委員長並びに、武蔵大学学長の連名の、実に立派な装幀をされた修了証書を頂いた次第です。

なお、平成十四（二〇〇二）年には東京都高齢者研究・福祉振興財団のナレッジバンク

職歴生かしてボランティア

都の財団主催　ナレッジバンク

団塊はいま

退職後はサラリーマン時代に身につけた知識やノウハウを使って社会に貢献したい――。そんな意欲のある団塊世代の人は少なくない。一方で「組織運営に詳しい人に手伝って欲しい」と願うＮＰＯも多く、その両者を結びつける取り組みが進む。地域社会に無理なくとけ込む手がかりにもなりそうだ。（高橋末菜）

経理や労務　ＮＰＯへ出張協力

「アドバイザー」で残留も

協力員343人、半数が60代

財団担当者「地域の受け皿に」

早期退職で登録

「人生に定年ない」

朝日新聞2005年10月21日付

より声が掛かり、協力員として活動に入りました。ナレッジバンクとは、福祉分野の非営利団体を支援する目的で、企業ＯＢや税理士、会計士などの専門職を「協力員」として登録し、要請に応じて団体に派遣する事業です。私は数社の団体を訪問して支援する一方、その協力員を募る小さな講演などを担当しておりました。そうした私の活動が平成十七（二〇〇五）年十月二十一日、朝日新聞朝刊の東京版に「団塊はいま」とのタイトルで、写真入りで紹介されました。掲載は承諾していたものの、驚きと共に、何か恥ずかしい思いをしました。

◆記憶に残る請負契約途中解除事件

そうした自由を楽しんでいた時、とある事件が起こりました。私なりに相当な覚悟をもって、というか身体を張って対応した事件です。

姉歯秀次一級建築士による耐震強度偽装事件、堀江貴文のライブドア粉飾決算事件、村上ファンド事件等で、何だか世間が浮わついていた平成十七、八（二〇〇五、六）年頃のことです。神戸の姉から、義兄が経営する建設会社が裁判をするので見てほしいとのこと。早速神戸の会社に赴きました。事件の経緯・内容、加えて、神戸地裁の近くの、当方の弁護士が神戸地裁に提出した訴状等を精査、その施主とも一度面談をしました。そうした一連の中で、私は何か腑に落ちないものを感じたのです。弁護士事務所にも何回か伺う中で、そもそも裁判で訴えるべき相手（施主）が違うことに気づき、弁護士を変えることを私は決断しました。そして、後日、本件は和解に応じる旨、当該弁護士に伝えました。弁護士は驚きましたが、その後、当方が申し出た金額通りの和解金九〇〇万円を受けることで和解が成立したのです。

そして、訴えるべき相手は、本件の請負委託契約に介入していた何やら得体の分からない保険代理店の代表であると私は判断しました。彼からは企画料と称して、五〇〇〇万円を持って行かれていました。

新たに弁護士探しを始めようとしていた時、正しく幸運だったのは高校の同級生・黒木茂夫氏が神栄株式会社の非常勤監査役として東京から三宮本社に出張していたのに遭遇したことです。なお、彼は神戸銀行の元秘書役で、その後も、いろいろと要職を経ております。私のニューヨーク赴任に際しては、先にニューヨークから帰国していた彼に現地の体験など話してもらう仲でした。お互いその奇遇に吃驚しました。彼に事件の概要を伝え、神戸の有力な弁護士事務所の土井・北山法律事務所を紹介してもらい、新たな裁判に挑んだわけです。

訴えられた代理店代表は慌て、当然のことながら、いろいろ画策をしてきました。最終的には、義兄の事務所にて、当該人と、地元の顔役と評されるホテル等の経営者（山口組の企業舎弟のような堅気ではない印象でした）との会談を持つに至りました。私の経歴、加えて、親友の住友不動産関連会社役員の南雲氏、並びに日本経済新聞社の元論説委員・内田茂男氏（現在は千葉学園理事長、千葉商科大学名誉教授）の名前をも出し、当方は一歩も譲らない、と伝えました。私の迫力に負けたのか、数か月の後、当方の弁護士より企画料五〇〇〇万の全額返金との知らせを受けました。全面勝訴です。あの顔役との体を張った会談での緊張感を今でも思い起こします。

◆某中堅専門商社の再建・再生

そのような中、私の大きな仕事が始まりました。平成十八（二〇〇六）年十二月、六十六歳の時、業歴六十年の機械・非鉄を扱う中堅専門商社の再建・再生業務に顧問として入ることになりました。二代目オーナーである友人が、公園のベンチで急死したとの知らせです。その友人とは、親友・南雲氏の住友石炭の北海道赤平鉱業所での結婚式に際し、関口康史氏と三人で赤平にお祝いに駆けつけた仲でもありました。関口氏は百貨店の松屋で常務をされましたが、若くして亡くなり残念なことでした。

結婚式の前夜は男四人枕を並べ、語り合ったことを鮮明に思い出します。と同時に、南雲氏の結婚披露宴では、炭鉱住宅に住まわれる炭鉱夫の皆さんも多数出席されたためものすごい人数で、皆さんが大変喜ばれていたことも思い出します。南雲氏の人徳でしょう。なお、彼の結婚前、私は札幌に飛び、札幌のグランドホテルで、のちの奥様と面会をしたことがあります。その時、南雲氏は結婚を決めるか迷っており、彼に合う女性か、彼の上司と私とで客観的に見てみようということになったのです。お話ししてみて、われわれは結婚相手としてふさわしい方だと判断しました。そして東京に戻ってから改めて彼女とパレスホテルで話し合いをし、札幌では彼を褒めすぎたきらいがあることをお話ししました。結婚を薦めた経緯もあり、彼の結婚については私にも責任の一端があります。とはいえ、お陰様で南雲氏夫妻は、その後も共に穏やかな日常を過ごしております。

話を元に戻します。友人の死去で暗礁に乗り上げた会社をどうにかするべく、慶応大学出身の南雲氏他学友たちの緊急会合となりました。その結果、「この会社を任せるのは清宮しかいない、しかも彼は今、退職して遊んでいる」との結論に達したとのことです。私は彼らに呼び出され、否応なしに、その経営のかじ取りを承諾させられた次第でした。

同年、十二月十五日、内幸町の本社事務所を訪れました。新社長は亡くなった友人の奥様でした。形式上は監査役でしたが、専業主婦で経営のことは全くの素人です。それで東京在住の専務以下役員を招集し、皆さんと第一回の会合をもちました。

約一週間、当該会社の内容、陣容、そして金庫に保管されていた過去五カ年の決算書、並びに税務申告書の決算数値の把握等々に入りました。その内容は仮勘定の「預かり金」他の不思議な推移、そして貸借対照表・損益計算書並びに税務申告書の添付の別表の中での不可解な動きが見つかりました。これは素人ではできない、極めて巧妙な操作と断定しました。顧問税理士を呼び出したところ、彼は実に不安な様相でしたが、その実態というか、現実を話し始めたのです。私は愕然とするとともに、これは刑事事件にもつながるかもしれないと一種の恐れをもちました。公の事件となった場合の私の息子たち家族への影響も考えましたが、引き受けた以上やるしかないと覚悟を決めました。私の判断では、その是正には少なくとも四年を要しました。粉飾決算に加えて、会社は実際には大きな債務超過に陥っていました。よくぞ取引銀行、データーバンク等々を騙し続けてきたものだと、税理士の力量に驚いたほどです。友人は税理士を巻き込んだものの、誰にも――友人にも相談できず、苦闘、苦悶の中、散歩中の公園のベンチで倒れたのは悲しいことでした。

そうした現実を踏まえ、私は取り急ぎ、取引銀行全てに挨拶に伺いました。その中には、私の前歴をご存じの銀行もあり、「前社長の後任が経営未経験者の奥様ということで、取引を続けるか否か迷っていたが、安心しました」とのお言葉を頂きました。

片や、私は会社を引き受けた段階で、練馬区の学習団体「すばる」、人材開発機構の協力員、義兄の会社の非常勤顧問等々全てを辞任しました。大学の公開講座通いも中止し、経営再建に全力を傾けることにしました。なお、「すばる」の事務局長・副会長の辞任については、皆さんに詳しいことを説明できず、残念ながら批判を受けて円満辞任とはなりませんでした。

そして、翌年一月十九日の役員会議で自己紹介に続き、次のことを皆さんにお伝えしました。

主要取引銀行には前年に面談し、安心してもらったこと。数値については役員の皆さんは疎いため伝えないが、仕入・売先のお客さんの対応は従来通り全て皆さんにお任せすること。今、最も肝要なことは役員諸氏が心をひとつにすることと事務・実務に支障をきたさないこと。とりわけ「支払い事務・業務」には絶対に遅れを出さないことに注力すること。二〇〇八年の北京オリンピック後は政治・経済も大きく変貌することが予想される。当社は前社長に一局集中体制であったが、今後新たな体制作りが必要である。私の役割は社長と役員諸氏の間にあって皆さんを全力でサポートすること。そのためには皆さんから信頼され、受け入れられることが大前提であり、私の言動そのものが問われていることを肝に銘じて経営に参画していくこと。

こうして私の企業再建・再生の業務が始まったわけです。そのひと月後であったでしょうか、社長を伴い、福岡、山口、広島、大阪の各支店をも訪れ、全社員の皆さんにお会いし、現状をお聞きしました。人材の発掘、登用等を始めていく準備に入ったわけです。と同時に、労働基準局からも指摘されていた懸案事項の就業規則の改訂、続いて社長以下、役員、社員の不明確な給与・賞与の是正や人事の刷新を進めていきました。そして、役員並びに社員の賛同をいただき、皆の懸命な努力によって、再建・再生業務は私も驚くほど順調に進んでいきました。

そうして、最大の難関と考える四年ぶりの税務調査を平成二十年（二〇〇八）年九月に迎えました。

事前に、三人の友人（南雲定孝氏、内田茂男氏、太陽ＡＳＧ有限責任監査法人・公認会計士の本田親彦氏）との会合を持ち、これまでの私の取り組みと、当社の粉飾決算の内容を説明し、極めて深刻な状況についての共通認識を持ってもらいました。

特別国税調査官、国際税務専門官他、五名の調査官が入りました。まさに国税本局調査の陣容でした。調査期間は一週間とのことでした。

調査も四日目に入り、特別調査官を含め三人と会社の顧問税理士、役員、部長との対応の状況を、私は隣の部屋で聞いておりました。最後の段階が来たと判断し、非常勤監査役の立場ではありますが全権委任をとり、調査官の皆さんに対し私一人で直接交渉に入りました。

特別調査官の第一声は「前年度における売上げの二重計上」の指摘でした。続いて本題として「担当税理士の資格剥奪、八億円の損金処理は認められない」という極めて厳しいお達しがありました。

私は即座に、「売上の二重計上については、私を含め社長、専務、当該部長、及び当該人の懲戒処分。当該人は一か月、その他は給与三か月間、一割の減額をする」と言明しました。そして本題については以下のように述べました。

私は「それでは会社は即、破綻する。そうすれば従業員家族を含め百何十名の生活も破綻する。平成十六年度から会社は本業に徹し、世の中の経済環境もあるが大きく業績を好転させており、再建途上にあり、そしてその債務超過の解消も視野の中に入ってきている。ここで会社を潰せば税務署の算定する税金も徴収できない。何とか会社を存続させるべく、八億円の損金処理を認めてほしい」そう強く訴えるとともに、私が当社に来てからの、役員並びに全社員に訴えた四十数頁に亘る諸文書を見せました。

すると国税が突如その書類を持ち帰るとのことで、調査は一時中断しました。調査再開の連絡を待つ間は非常に長く感じられましたが、後日、驚くべき調査結果を頂きました。

「再建・再生の可能性を理解し、本調査においては平成二十年度だけを調査対象期間とする。平成十七、十八、十九年度は見なかったことにする。ただ、覆ることはないとしても完全な結論ではない」という極めて政治的な判断でした。加えて、私に「頑張ってほしい」との個人的見解まで頂きました。

当社の再建・再生への私の行動・気力を評価したとしか思えません。誰も傷つけず、最大の難問を乗り越えたのです。今でも特別調査官から「頑張ってほしい」と言われた時の情景を鮮明に覚えております。

その後、全役員には会社の真実の姿を説明しました。残念ながら社長以下、役員の皆さんには理解は難しかったとの印象でしたが、その後の役員以下全社員の涙ぐましい努力があり、業績は好調を続けました。片や、経営未経験の社長には商社の経営は限界であると判断し、支えてくれる友人たち三人にも相談の上、社長を会長職に、営業を実質的に統括していた生え抜きの専務を社長にしました。新たな役員の登用に加えて、空席だった監査役を内部から選出し、新体制を作り上げました。

なお、その後の小さな出来事ですが、人権派と称するのでしょうか、著名な弁護士から、「弁護士の事務所に来てほしい」との電話が入りました。私は「用件があるなら当方の会社でお会いする」と応じました。会社にお見えになった用件は、「貴社の会長から頼まれているのですが、貴社の顧問弁護士になりたい、顧問料は現金で」とのこと。私が即座にお断りをしたところ、「ではコンサルタント会社を作り、そこへコンサルタント料を納めるのはどうか」とのこと。それも当社は必要ない旨、強く答えました。要は弁護士の小遣い稼ぎの売り込みです。某著名弁護士の、普段見せる面とは全く異なる一面を見ました。その背景には、私が会社を乗っ取るのではないかとの、会長の危惧があったのでしょう。

そんな事象もあったことから、私がいなくなった後のことを考えて、再び、友人達に相談しました。そして、友人の内田茂男氏の親しい大手の卓照綜合法律事務所の代表で、三光汽船の管財人としても有名な赤井文彌弁護士と、新たに顧問契約を結んだ次第です。

「人はさまざま、弁護士もさまざま」との強烈な印象が残っております。

会社の再建・再生が達成できると確信できた平成二十三（二〇一一）年十一月を以て——その時点では非常勤顧問になっておりましたが——その職を辞しました。会社は現在も立派に存在しております。

その後も会社に来てくれと会長から頼まれ、時折は訪れましたが、七十二歳の時点で完全に退き、その会社との関与を断ちました。

この企業の再建・再生業務は、私の異なった場所・立場での諸々の経験、いわば仕事の集大成であったとも考えております。と同時に、親友の南雲定孝氏並びに友人たち、加えて私のまわりには男女問わず常に優秀なスタッフがいて常に支えてくれました。環境も大きく異なるアメリカを含め、各地・各部署でお世話になった皆さんに、心より感謝申し上げます。こうした記述をしながら、当時の皆さんの姿やその時の情景が改めて思い起こされます。

そして、十数年と関わったNPO法人「むすび」の監事も辞任し、仕事的なことからは完全に離れ、自由の身となり、新たな自分探しに入った次第です。

なお、余談になりますが、二〇一一年三月十一日の東日本大震災の時は、帝国ホテルタワーにおりました。大きな揺れの中、外のビルの硝子窓が大きく、ゆっくり飛び出したり引っ込んだりしていたこと、建築中のビルの最上階でクレーンが崩れ落ちることなく、揺れを吸収しながら大きく動いていたこと。加えて、地震に慣れていない外国客を優先したのでしょう、まずは極めて落ち着いた英語でホテル館内放送が流れ、次が日本語でした。さすが帝国ホテルと感じ入りました。私はその日は帰れず、翌朝六時頃に帰宅しました。その時乗った都営大江戸線の満員の乗客の異様な沈黙。そんなことも妙に思い出します。

◆自由な身になっての現在

七十二歳で仕事の一線を、ある意味では強引でしたが全て退き、二〇二二年の八月で八十二歳になりました。三十二歳で始めたゴルフのオフィシャル・ハンデは七でしたが、時間が掛かるため、七十二歳で完全に止め、テニスに転向しました。ゴルフバック、フルセット他全てをテニスの若い友人に譲りました。ゴルフ場会員権も処分しました。それからは午前中は自宅から歩いて数分の光ガ丘テニスクラブでのテニス、午後は読書等中心の日々です。毎日が日曜日の自由気ままな生活を過ごしております。

◆自費出版『書棚から顧みる昭和』

十数年前になるでしょうか、大学のゼミの仲間、唐木紀介氏が東京・国立で読書会「書語の会」を立ち上げ、私は後からですが参加し、四十数本を投稿しておりました。ある時、テニスの休憩中のベンチで「書語の会」の話となり、テニス仲間が私の原稿を見たいとのことで、後日、その原稿の一部をお見せしたのです。するともっと見たいとのことで四十数編をお見せしたところ、本にしませんかとのこと。その方は日経BP社の元編集者・井関清経氏でした。そうした偶然が重なり、氏の立ち上げた「言の栞舎」より平成二十六(二〇一四)年四月、拙著『書棚から顧みる昭和』を自費出版した次第です。表紙のデザインは井関氏の奥さんの典子氏で、私がキリスト教徒であることを暗示した十字架をデザインモチーフとしております。

この書は、編集者の言を借りますと、「学者、歴史家、思想家、知識人などの書物を通じて切り取った戦前・戦中・戦後を中心とした『昭和』という時代を、『東京裁判』を基軸として、明治から平成まで連綿と続く一連の史実の流れの中のひとつの『時』として捉えた、著者独自の視点でまとめ上げられています。」とのことです。十五章の構成で二一七頁になります。

刊行に際しては、友人たち三人が発起人となり、彼らの会合場所としている、東京内幸町の会員制クラブの「シーボニア　メンズクラブ」で出版記念の会を開いてくれました。蛇足ですが、後日、私もシーボニアの会員となりました。

なお、今から十数年前になりますが、既に記してきた中堅商社の再建・再生業務時代、山口からの出張の帰りでしたが、岡谷鋼機創業三百四十周年記念の全店記念の宴が名古屋で行われ、岡谷鋼機社長とは十数年ぶりにお会いしました。それ以降、私は毎年開かれる会社主催のOB会である「笹友会」に出席しております。片や、数年前のことですが、そうした折に社長からの依頼もあり、加えて、岡谷鋼機への恩義、愛着、そして自らの資産保全との観点から、岡谷鋼機の株を家内名義で新たに購入しました。その翌年の決算書を見ますと、桁違いの株主の岡谷社長（現在は取締役・相談役）、ご長男の岡谷専務（現在は社長）は別として、もちろん私の個人名表示はありませんが、現役の副社長他役員の皆さんより、私たちの株数が多いことを知り少し驚きました。

本題に戻ります。出版記念には、岡谷鋼機社長からは盛大なお花が届くとともに社長の代理を兼ねて私をよく知る東京在住の常務が出席されました。親友南雲氏の司会で始まり、来賓のご挨拶は赤井文彌弁護士から始まりました。子会社時代の大手仕入先社長の方々、岡谷の常務及び先輩、大学のゼミ・高校時代の友人、私が関わった数社の役員の方々、労働組合の委員長、書記長、私が携わったNPO法人の理事長、そしてテニスの仲間他の皆様から祝辞を頂き、恥ずかしくも、嬉しい鮮明な記憶に残る出版記念となりました。皆様に本当に感謝しております。文字通り、今までの私の人生で巡り会った、かけがえのない大切な方々のお言葉であったのです。

なお、自費出版書は国会図書館に登録するとともに、横浜市立大学図書館、お世話になった拓殖大学海外事情研究所、月刊誌『選択』、加えて、練馬区図書館にお贈りしました。それぞれから丁重な御礼のお手紙、メールを頂きました。二〇〇部の印刷でしたが一瞬でなくなり、今、手元にあるのは私の記念として残した三冊のみです。増刷を考えたのですが、用紙等にお金を掛けすぎたのか一冊五〇〇〇円かかるとのこと。そのような事情に疎く一八〇〇円の値段をつけてしまったので、増刷は断念しました。当時、アマゾン等では一万数千円の値がついていた時もありました。余談になりますが、これまでたびたび、ブログ「清宮書房」において紹介しておりました銀座の隠れ名店「寿司清」では、閉店の日まで拙著を飾っていただいておりました。ご主人夫妻の寄る年波で数年前に閉店しましたが、今でも感謝しております。

◆ブログ「清宮書房」の立ち上げ

今から七年ほど前に、ブログ「清宮書房」を立ち上げました。「書店」だと思ってアクセスされる方もいらっしゃいますが、単なる個人ブログです。自分なりに何か残しておくことも意義があるかもしれないとの勝手な想いを綴ったものです。

拙著『書棚から顧みる昭和』の続きのようなもので、人生の大半を過ごした昭和の時代を、僭越ながら自分なりに再検討し今を観てみようという試みです。取り寄せた本を通じて私なりの感想に加え、私なりの想いを記しています。退屈なブログとしては長い駄文ですが、一〇〇件ほどの投稿になりました。

なお、ブログ内の注目記事の順位がわかるようになっているのですが、時期によってだいぶ変化します。私自身も旧投稿を見直し、若干の修正を加え再投稿することもあります。コロナ禍の影響もあるのでしょうか、お陰様でアクセスが急速に増えて、六万一〇〇〇件台（二〇二二年七月二十五日時点）になりました。加えて、投稿のたびごとに意義深いコメントを下さる方、心あたたまるメールや励ましのお手紙、お言葉を送ってくださる方々に私は勇気付けられております。今後ももう少し続けていこうと思っております。

二〇二一年十二月のことですが、弊ブログで『自らの後半人生を顧みて』について目にされた文芸社より、「これから職業を歩み出そうとする若者にぜひとも読んでもらいたいと願う」とのありがたい連絡が入りました。続いて、同社より、「一〇〇件ほどの投稿の中から『戦後日本の在り方・メディア』に関するものを抽出して出版されてはどうですか」とのお話を頂きました。

そうした経緯の中、文芸社の編集者・今泉ちえ氏により見事に第一章から第七章に纏め上げられたものが、拙著『メディアの正義とは何か　報道の自由と責任』です。二〇二二年の四月に同社より全国出版となりました。加え、七月には文芸社提携書店への二回目の配本となりました。お陰様で同書は好評のようで、ほっとしております。私としては思いもかけない出来事で、感謝、感謝です。

◆小島政二郎『小説　永井荷風』に遭遇して

話は少し遡り、二〇一七年のことです。東京都武蔵野市吉祥寺に所用があり、その帰り道、とある古本屋を覗きました。神田以外ではほとんど姿を消した、かつての風情を残す古本屋です。そこで見つけたのが小島政二郎著『小説　永井荷風』でした。

私は文学についての素養がないこともありますが、永井荷風については『濹東綺譚』を一読、『断腸亭日乗』を拾い読みした程度で、その作品はほとんど読んでおりません。ただ、自分なりに昭和の時代を省みる資料のひとつとして半藤一利『荷風さんの昭和』、『荷風さんの戦後』を読み込んでおり、荷風が風景を描く文章の素晴らしさを私なりに感じ入ってはおりました。

私の単なる思い出に過ぎませんが、私が高校一年の学校帰り、時折、永井荷風が京成線の終点の押上駅から乗ってこられました。隣に座ったり、前に座ったりされていたことを思い起こします。いつも、例の帽子をかぶり、やや重そうなボストンバッグを、座った両脚の真ん中の床に置いておりました。浅草通いの帰りだったのでしょうか。たまたまお互い帰り道での遭遇だったのですが、当時は永井荷風とは気が付かず、数年経って著名な文豪と知ったわけです。芥川龍之介、堀辰雄他文人を輩出した旧三中を前身とする都立両国高校に私も偶然通っていた次第ですが、荷風に気が付かなかった自分には、今もって、残念な気もしております。

『小説　永井荷風』は、以下の印象深い冒頭から始まります。

恋に「片恋」があるように、人と人との間にも、それに似た悲しい思い出があるものだ。

私と永井荷風との関係の如きも、そう言えるだろう。もし荷風という作家が丁度あの時私の目の前にあらわれなかったら、私は小説家にはならなかったろうと思う。それほど……私の一生を左右したほど大きな存在だった荷風に対して、私はついにわが崇拝の思いを遂げる機会にすら恵まれなかった。それだけならまだいい。私は荷風一人を目当てに、あわよくば彼に褒められるかもしれないと思って書いた第一作を、彼の個人雑誌で嘲笑された。……荷風に教わりたくて、私は三田の文科にはいったが、とうとう教わらずにしまった。顧みるに、荷風の文学に惚れて惚れて惚れぬいて、得たものは嘲笑に始って悪声に終わったのだ。こういう人生もまた逸興であろう。

（小島政二郎『小説　永井荷風』３－４頁）

また、あとがきの後、追記に、これまた強烈な記述がありました。そうした一連の記述が目に飛び込んできたことが、本書を買い求めた大きな理由なのです。

彼の「日記」が語っているように、荷風は日本には珍しい血の冷たいエゴイストである。

荷風に親譲りの財産がなく、彼の好きなボードレールのように、原稿料で生活して行かなければならない作家であり、いやでも応でも、あのエゴイストを剥き出しにして現実を生活しなかったことを私はかえすがえすも、彼のためにも、日本の文壇のためにも、大きな損失だったと思う。いや、それが本当の小説家の生き方なのだ。

漱石に「道草」を書かせ、鴎外に「渋江抽斎」を書かせたように、荷風に彼自身のエゴイズムがいかに現実生活と悪戦苦闘したかを書かせたら、日本のたった一人の特異な小説家が生まれ出たと思うのだ。財産があったばかりに、彼独特のエゴイズムを直接現実生活に接触する機会をなからしめ、逃避の、一人よがりの、隠居のような、趣味の生活に一生を終わらせたことは、一生を誤ったとしか思えず、あたら才能を完全に発揮させず一生を終わらせたことは、幾ら考えても残念で仕方がない。

荷風は一種の名文家に違いない。しかし、鴎外が「渋江抽斎」で自分の文体を完成したように、また徳田秋声が「のらもの」で彼の文体を完成したように、荷風は彼自身の文体を完成しずに終わった。若し彼が私の言うように、彼の性格で現実の人生を生活したら、恐らく彼の好きなボードレールのように、彼自身の本当の名文を生んだであろう。

そういう意味でも、私は彼が性格そのもので生活と取り組まなかったことを取り返しの付かぬ大きな失敗だったと思わずにはいられない。

（前掲書　391、392頁）

このあとがきの日付は、永井荷風の死去から十三年後の昭和四十七年十月三十一日です。加えて、小島政二郎の甥、稲積光夫が書いた追記の日付は平成十九年七月十六日となっています。すなわち、本書の発刊までには、原稿完成から三十五年の年月が流れていたわけです。小島政二郎が発刊しようとした時点では永井家の許可が得られず、三十五年後に、ようやく鳥影社より「小説としても資料価値としても素晴らしい」とのことで、幻の作品であった「小説　永井荷風」が日の目を見ることになったというわけです。

この書は明治、大正、昭和の文壇を垣間見る上でも、極めて貴重なものと思います。今回は荷風の文学云々とはだいぶ隔たりますが、著者が荷風の生い立ち、その性格について記述された、私には強く印象に残った箇所を私なりにまとめてみたいと思います。

小島政二郎は冒頭で、荷風が『あめりか物語』と『ふらんす物語』とを土産に、パリから帰ってきた当時の颯爽とした姿をみんなに見せたかったと述べています。すなわち六尺近い上背、リュウとした黒の洋服に黒のボヘミアン・タイを牡丹の花のように大きく靡かせ、色白の面長の顔に、長い髪の毛を真ん中から分けた、当時の文士とは似ても似つかぬモダンな装いです。

著者は荷風に憧れ、小説家を目指したのです。荷風より十五歳も若い少年でした。ただ、当時の文士は、雑誌社が取り仕切る原稿料だけでは生活は苦しく、文士には家を貸してくれなかったとのことです。その状況は明治、大正、昭和になってからも然りで、原稿料だけで一家を支えていけるような時代の来ることを、始終文士たちは話題にしていたとのこと。当時の著者自身の状況を次のように述べています。

一流の大家になってからも、藤村は麻布狸穴の、路地の奥の、崖下の、地震があったら一たまりもなさそうな、日の当たらない、質素すぎるくらい質素な貸家に住んでいた。私の女房が贅沢なことを言い出す度に、私は何も言わずに藤村の家の前に連れて行ったことを忘れない。鏡花は終生二軒長屋の一軒に住んでいた。

（前掲書　10－11頁）

島崎藤村も泉鏡花も、質素な生活を送っていたことが分かります。

昔は、原稿料を払って雑誌に載せた以上、その作品の版権は作者にはなく雑誌社にあると考えられていました。その後、印税という制度が導入・確立され、今日にまで至っています。それは森鷗外の多大な努力のお陰であり、その功績は極めて大きく、それ以降の印税の利得者は鷗外の恩を忘れるな、と著者は記しています。印税制度以前は文壇の大御所の菊池寛、芥川さえ、勤めを持ちながら小説を書き、その二重生活を呪っていた、とのことです。いずれにせよ、印税制度がない当時の状況にあって小島政二郎は貧乏暮らしを覚悟の上、小説家を目指したわけです。アメリカ及びフランス帰りのいかにも颯爽とした荷風、そして、『あめりか物語』、『ふらんす物語』が著者に大きな影響を与えたのかが分かります。なお、『あめりか物語』については、次の如く記しております。

『あめりか物語』には、小説にならない風景描写や、落葉に寄せた感傷や、そんな種類の作品が少なくない。が、そこに盛られている彼の感想が新鮮で……これまでの日本の文壇にはなかった豊かな、色彩のある、歌うような文体で語られていると、私達はそれだけでウットリさせられてしまうのだった。

（前掲書　21頁）

古書店での偶然の出会いから荷風の人生について改めて知ることは、私の知的好奇心をおおいにそそるものでありました。加えていうならば、私の後半人生において、思いがけぬ素晴らしい方々との偶然の出会いが知的好奇心をそそり、私の後半人生の在り方をも形作り、私の思想そのものまでをも作り上げていったように思います。

◆コロナ禍に思う

私は何も仕事をしていないので、ここ数年のコロナ禍の中での自粛という言葉は私には不釣り合いですが、自分なりに自粛を続けております。そうしているうちに、なぜか、半年以上悩まされていた頸椎ヘルニアによる右手の痺れもほぼ完治し、パソコンも、読書も、テニスも、日常生活には支障もなく以前の状態に戻りました。これも自粛のお陰かもしれません。

コロナ禍が日本のみならず世界に今後どのような影響を及ぼしていくのかという大きな不安の中、中国共産党独裁政権の動向は極めて重大な結果をもたらすと私は幾度となくブログで触れてきました。米国トランプ政権の在りようもひとつの要因ではありますが、中国共産党独裁政権の動向、その危険性は収まるどころか、コロナ禍に乗じて益々強硬に、強引に「一帯一路」の政策を進めるのではないでしょうか。

わが国は大きく変貌した現状にどう向き合えばいいのでしょうか。戦前・戦中のみならず、敗戦後の日中関係の経緯・結果の歴史事実を踏まえ、価値観を共有する各国と共同し、従来にまして真剣に考え、行動に移していくべきと私は考えます。

◆『新聞と戦争』ほかを読んで

そうした現状下、改めて北岡伸一・細谷雄一編『新しい地政学』(東洋経済新報社、二〇二〇年)、並びに『新聞と戦争』(朝日新聞出版、二〇〇八年)、及び同著者の『新聞と昭和』(朝日新聞出版、二〇一〇年)、加えて、むのたけじ『戦争いらぬやれぬ世へ』(評論社、二〇〇七年)に目を通してみました。『新しい地政学』は地政学とは何かを改めて見る上で、大いに参考となりました。

『新聞と戦争』を知ったきっかけは、朝日新聞中国総局編『紅《くれない》の党　完全版』(二〇一三年)の広告欄に『新聞と戦争』及び『新聞と昭和』が載っていたことでした。朝日新聞はいつから現在のような在りようになったのか、ある種の興味があり、取り寄せた次第です。両書とも極めて真剣に取り組んで書かれた良書でしたが、僭越ながら私の期待した半分というのが実感です。以下は単なる私の感想ですが、記してまいります。

『新聞と戦争』によれば、戦前の朝日新聞の論調が軍の論調に沿う――否、「宣伝機関」となったのは、一九三一年の満州事変からだそうです。しかし、なぜそうなったのかについては、明確な分析をしてこなかった。そうしたことが、戦後から今日に到るまで、朝日新聞の質を大きく落としていったことにつながったのではないでしょうか。

もう二十年前になるでしょうか、私は朝日新聞の何十年にわたる購読者でしたが、購読を止めたのです。

なお、本書の中で、ハーバード大学のアンドルー・ゴードン教授が、報道の自由が守られている現在の米国さえ（イラク戦争に関してですが）、メディアは十分な役割を果たせなかったわけで自国の戦争を批判的に報じることは、今も決して簡単な課題ではない、と指摘しつつ、次のように語っています。

日本が第2次大戦へ向かう最大の節目は、1931年の満州事変だった。当時、満州にいた朝日新聞の特派員と日本の関東軍とが密接な関係だったことや、事変は関東軍の謀略ではないかと疑った人々が朝日の本社にはかなりいた事実を、連載「新聞と戦争」は明らかにした。

しかし新聞はその疑いを公《おおやけ》には問題にしないまま、「満州国」が作られていくという悲しい道を日本はたどった。朝日新聞が関東軍による満州事変を結局認めてしまった要因は、（1）軍や右翼からの外部的な圧力（2）国益への配慮などによる自主的な規制（3）新聞が売れなくなることを恐れる社益の顧慮、の三つだ。「新聞と戦争」もそれらを詳細に指摘したが、どの要因が最も重かったか結論は書かず読者の判断に任せている。

（朝日新聞「新聞と戦争」取材班『新聞と戦争』564、565頁）

残念ながら、本書に続く『新聞と昭和』もそうした流れであり、ここ三十数年になるでしょうか、こういった姿勢が、急速に朝日新聞がその質を落としていくことにつながったと私は考えます。

終戦の日に朝日新聞を辞め、秋田県の横手市でタブロイド判新聞『たいまつ』を発行し続けたむのたけじ氏は百一歳まで現役を貫いたジャーナリストです。私が学生時代、氏の

『たいまつ十六年』に大きな感動を受けました。私は、氏の考え全てに賛同しているわけではありませんが、吉田満、山本七平と並び、私の後半人生の上で大きな影響を与えた方であることは確かです。『戦争と新聞』には、むのたけじ氏が九十二歳の時に行われた対談が掲載されています。

氏は同時期に『戦争いらぬやれぬ世へ』を発刊しており、次のように述べております。

私は天皇年号の昭和十一年、一九三六年に新聞記者になりましたが、この時まで新聞社というのは自分たちを言論機関と称しておった。それはまさにジャーナリズム、報道ということです。あそこに何があったというストレートニュースを積み重ねることで、その背後にあるものを一つの思想の体系まで編み上げる作業なんだ。だから言論機関だ。ところが大本営報道部というものが軍閥の中枢部に出来たら、新聞社は自分らを報道機関と言い換え始めた。その時に批評・評論・主張・思想の形成という部分が弱まったのではないかどうか。

……ジャーナリズムがジャーナリズムになるためには、絶えざる自己反省、自己点検、内部でその仕事に携わる人たちの、己の姿を歴史の節目、節目に立ち止まって点検し、一つの合意ですね、確認し積み重ねて行く、その作業が大事なんです。……ジャーナリズムの仕事で生きる人間は反権力になる必要はないんですよ。ならなきゃいかんのは権力に対して自分という独立の、権力に対等の自分をつくることなんです。

（むのたけじ『戦争いらぬやれぬ世へ』95、96頁）

……ジャーナリストは誰でもなれるが「権力に対して対峙しながら、独自の存在である」という自分をつくる、そういう意欲をもっている、これ一つだけが条件だろうと私は思う。

（前掲書　111頁）

現在の新聞各社、更にはジャーナリストと称する、否、称される方々はいかに思われるでしょうか。

現在では新聞各社は、「報道しない自由」もあり、報道機関とさえ言えず、大衆に単なる迎合するマスメディアになっているのではないでしょうか。片や、その影響力は時の世論を左右するほどの強大な力を持ち、誰も制御できない危険性をはらんでいます。そのため、自浄作用が効かない落とし穴に落ち込んでいるのではないでしょうか。その要因のひとつは、新聞各社が種々の新聞以外の事業に手を伸ばし、大きくなりすぎた経営にあるのかもしれません。

◆心臓の手術を経験して

二〇一八年九月二十八日の定期健康診断の際、心電図の微妙な変化から狭心症の疑いがあるとのことで総合病院で精密検査をしました。その結果、十一月二十四日に入院、二十五日に心カテーテルの手術をし、二十七日に退院しました。今まで何の症状もなかったのですが掛かり付けの先生に見つけていただき事なきを得、何か寿命が長くなったのです。

入院は初めての経験でもあり貴重な体験をいたしましたが、コロナ禍は決して他人事ではありませんでした。中国共産党独裁政権の、何か他人事に映る諸々の対応には私は憤りを感じます。

このコロナ禍にあって、その感染・予防・治療に懸命に対応されている医師の方々、並びに看護師の皆さん、スタッフ、職員の方々を目の当たりにし、感謝と共に何か複雑な想いを抱きました。

このコロナ・パンデミックは後世、人為的な歴史的事件として記憶されていくのではないでしょうか。日本も平和ボケから早く脱却し、現実に対処していかなければならないはずです。中国共産党独裁政権、及びファシズムのこれ以上の進展は、世界の人々、人類を決して幸福にするとは思えません。日本国並びに日本人は、価値観を共有する諸国と連携を更に強めることが必要です。問題は言葉だけでなくその中身ですが、現実の行動が必須です。わが国、また日本人は、極めて厳しい時代に突入したと思います。わが国は中国、ロシア、朝鮮半島国家に面しているのですから。

私が入院中に、ニューヨーク時代からお付き合いをいただいている元中央信託銀行副社長の大西章夫氏が、ＮＨＫ学園よりエッセイ『過ぎし日の残映』を上梓され、お贈りいただきました。氏の八十年間の後半の日々の記録で、正しく「過ぎし日の残映」です。氏の人柄・思いが彷彿され、時には私は笑みを浮かべながら、海外何十ヶ国の味わい深い旅行記でもある作品を読み通しました。

拙ブログには、私の仕事人生の六十年の中で、私に大きな影響、時には大きな力を与えてくれた『鎮魂戦艦大和』他を著した吉田満、並びに氏を通じて、その時々にお会いした方々について記した記事が多くあります。当該投稿を再読し、過ぎし日々を改めて想い起こした次第です。私も人生の最終章に近づいたのでしょう。

『戦艦大和の最期』の吉田満を巡って

一九七九年の冬、ニューヨークの紀伊國屋書店で『鎮魂戦艦大和』に出会い、次々と氏の一連の著作を読み進めていきました。

帰国後、吉田満の親友である和田良一弁護士との偶然の出会いがその後の仕事人生に大きな幸運をもたらしました。お蔭様で感謝の人生を送ることができたとの思いを強く持っております。なお、和田氏のことは、本書内「現役時代を振り返って　◆子会社の時代」に記載しています。

当時を思い起こすと、和田良一門下の故・宇田川昌敏弁護士、並びに自費出版『書棚から顧みる昭和』の私の出版記念には主賓としてご挨拶を頂いた卓照綜合法律事務所の赤井文彌弁護士、大手仕入れ先の元社長・深澤達雄氏、並びに私の親友・南雲定孝氏他の友人が彷彿してまいります。

二〇一八年に刊行された渡辺浩平著『吉田満　戦艦大和　学徒兵の五十六年』には、吉田満の親友・山本七平との長年に亘る交流に加えて、三島由紀夫と吉田満の出会い、そして三島由紀夫の苦悩等々も記されております。

吉田満は、私の精神構造、並びに私の五十年に亘る仕事人生に大きな影響と彩りを与えてくださった方です。今の日本、並びに日本を取り巻く世界の現状をふまえ、書籍をひもときながら、改めて考えていきたいと思います。

◆吉田満の生涯

吉田満は一九二三（大正十二）年一月六日、父吉田茂、母ツナの長男として東京市青山北町に生まれます。その後、関東大震災を機に、渋谷代官山アパートに移り住み、長谷戸小学校に入学。入学以来学術優秀でその卒業まで首席を通します。

一九三五（昭和十）年に東京府立第四中学（現都立戸山高校）に入学。とびきりの秀才で、特に記憶力は尋常ではなかったとの友人の話です。

一九三九（昭和十四）年、東京高等学校文科甲類に入学し、寮生活に入ります。寮時代には二度の停学処分を受けたそうで、一度目は靖国神社参拝をエスケープしたこと。二度目は、一般寮生が退寮した後に寮委員が食堂、建物などを壊し火を焚いたそうなのですが、その中に吉田満もいたということでした。東京高等学校の卒業式には総代として答辞を読み、太平洋戦争中の一九四二（昭和十七）年四月に東京帝国大学法学部に入学します。

その翌年、文系大学生及び専門学生の徴兵免除が解除され、二十歳で学徒出陣・武山海兵団に入団。その時の心境が、粕谷一希『鎮魂　吉田満の生涯』にありました。

そして、一九四四（昭和十九）年十二月二十五日、少尉に任官し、三三二三人の乗員の一人として戦艦大和に乗艦します。その翌年四月、沖縄への特攻作戦（天一号作戦）で、艦長以下の幹部にさまざまな情報を伝える副電測士として、指令塔である艦橋に立つ任務につきます。同年四月七日、戦艦大和は米軍の爆弾と魚雷を浴び沈没。三時間の漂流の後、乗組員の一部は駆逐艦・冬月に救出されました。吉田は生存者二七六人の一人です。生還者は佐世保に回航し、機密漏洩を防ぐため、離れ小島の病院室に収容されました。

その後、一時帰郷を命ぜられ、帰省から戻った吉田は改めて特攻を志願。配属されたのは、回天魚雷の基地・高知県須坂です。吉田は、米軍の上陸情報を得るための電設設備工事の指揮を担当し、完成を建設期限の八月十五日と定め、八〇名の部下と昼夜兼行の突貫工事でした。海軍と自発的村民が一体となって工事を進めていたそうです。ところが、建設期限当日に敗戦を迎えます。若い士官は戦艦長門に乗せられて原爆実験に供されるという風評が流れたため、村民からは吉田の身柄をあずかりたい、集落全体の責任でかくまうからという話も上りました。吉田は、小学校代用教員という世を忍ぶ仮の姿でしばらく過ごします。下士官が次々と復員していく九月半ば、吉田は特攻隊長から呼び出しを受けます。「村の善意に甘えて、子どもたちを相手にしたい気持ちはわからんではないが、一度家に帰ってけじめをつけろ」とお叱りを受けました。結果、両親が疎開している多摩の吉野村・柚木に帰省し、父の知人であった作家・吉川英治に出会い、「戦艦大和ノ最期」の原稿に着手していくことになります。吉川英治とその後の小林秀雄との遭遇が『戦艦大和ノ最期』を世に出す、大きな影響と力を与えたわけです。

そして、一九四五（昭和二十）年十二月、二十二歳の吉田は日本銀行に就職します。その時、上司から次の言葉を受けます。

君の死生の体験は得がたいものだし、貴重なものとして私たちも敬意を表したい。しかし思い過ってはならない。生きるか死ぬか、というような形で、いつも人生の問題が与えられるとは限らない。むしろ常にそういう形で問題が与えられるなら、人生はやさしいものになってしまう。死か生かの、その追い詰められた時間だけに、全力をつくせばそれですむのだから。ところが、人生はもっと深く大きい。十年一日というように、見えない努力の積み重ねが人生を形造る。情熱よりも忍耐、これが人生だ。

（吉田満『散華の世代から』２２２頁）

その日銀時代に、復員軍人の今田健美神父と出会い、吉田は精神的な救いを求めるのでしょうか、一九四八年一月にカトリック世田谷教会で洗礼を受けます。続いて、一九四九年二月、プロテスタント教徒である嘉子と結婚。その結婚と日銀内での重要な仕事への登用もあるのでしょうか、精神の内奥に向き合うことから、少しずつ現実の暮らしを重視する視点に変わっていったと渡辺浩平氏は記しています。

一方で、吉田は鈴木正久牧師の聖書研究会にも参加しています。鈴木牧師は日銀内のカトリック研究会及びその後の吉田に大きな影響を与え、後年には、日本基督教団の総会議長となられた方です。

吉田は一九五七年にニューヨークへ単身駐在する直前にプロテスタントに改宗します。カトリックかプロテスタントかという懊悩でしょうか、一九四九年の春に撮影されたカトリック研究会での集合写真左隅にいる吉田は何か沈んだ寂しげな顔に見えます。こちらの写真は『散華の世代から』には掲載されております。

なお、まったく次元の異なることですが、私の母親は代々続くカトリック教徒で、私の母方の一族は皆カトリック教徒です。私も幼児洗礼を受け、教会時代を過ごしました。私は高校二年の時、カトリックに何か重圧を感じ教会から離れ、現在でも教会から遠ざかっている者です。私たち夫婦は二年前に金婚式を迎えました。かつて、二週間後に御茶ノ水の学士会館での神前結婚式を控えた私は、母親を何か安心させるためか、墨田区にある本所カトリック教会の司祭館を訪れ、教会での式を頼みました。訪れた一週間後、私と家内は代父、代母の立ち会いの下、一つ目の式を挙げました。司祭館で下山神父様より「昌章、帰ってきたか」との言葉を頂いた、そんな五十二年前のことも思いだした次第です。公教要理の講義を受けていた仲間はその後、神父さんになっています。下山神父様も私がその道に行くと考えていたようです。

本題にもどります。吉田は帰国後、為替管理局の総務係長、調査役を歴任。そして、日米安保が自然承認され、所得倍増を掲げた池田内閣が成立した後に大阪勤務となります。そして一九六三年に本店の人事課長、日銀の青森支店長、仙台支店長等々を経て、ニクソンショックの翌年の一九七二年に、日銀の金融政策の最高意思決定機関である政策委員会の庶務部長、いわばその事務方のトップに就きます。その後、五十歳で局長に就任。片や、吉田はプロテスタントの西片町教会長老としても静かに尽力をいたします。そして、五十二歳で監事に就任、その在職中の一九七九年、五十六歳で吉田はその生涯を閉じました。

なお、付け加えなければならないことがあります。一九五〇年、吉田が二十七歳の時、東京大学の体育館で日銀の同僚とバドミントンをしていました。その際に鉄柵でサイダーの栓を開けた時、蓋が右目を直撃し、右目の視力を失いました。自らの姿を鏡に映した時のことを、吉田は次のように記しています。

脣をゆがめて、ニヤリとした笑いが浮かんでいたのが印象にある。……いつの間にか、あの奇禍が、突発事件という印象を失い、平凡な出来事になってしまった。けさ起きたとか、誰かに逢ったとかという事実と同じような、何でもないことになって、日常のなかに埋もれかかっている。あの怪我以来の幾日間というものが、これまでの人生とごく自然につながって、なだらかな今日まで流れてきている。自分の人生はもっと本筋を進む筈だった。それが、あの日以来、わき道へそれてしまった。そういうわびしい感じは、初めから一度もない。今踏みしめているこの人生こそ、唯一の真正のものだと、おのずから確信し肯定している。別に苦情をいう必要もない。

（吉田満『戦中派の死生観』１４３頁－１４７頁）

吉田満が従容として人生を生きることはどこから来たのでしょうか。生死の極に自ら立ち、その後、悩んだ末に達した境地なのでしょうか。僭越至極ながら、私は深く自省するところです。

◆吉田満を取り上げた理由

吉田満が五十六年の生涯を終えてから、ほぼ四十年の年月が流れました。その間に、一九八九年のベルリンの壁の打ち壊し、東欧・ソビエト連邦の崩壊、ロシアの誕生による冷戦の終焉、ブレトンウッズ体制の崩壊、ある面ではアメリカニズムの終焉。そして、世界的なテロの発生、イスラム原理主義国家の出現等々、国連の存在意義も大きくそこなわれ、第二次大戦後の世界は大きく変動しました。その中で最も大きな変貌は中華大国への復活を着々と進める中国の台頭ではないでしょうか。加えて、反日を強める朝鮮半島の二国家。地政学的にも大きく変貌した中で、わが国はどうすべきか、どうあるべきか、そして国民一人一人は何を考えなければならないのかがまさに問われている、と私は考えます。

残念ながら今の日本の現状は、国会論議と称するものも、並びにそれを報道する報道機関と称するものも、商業主義に侵されているのでしょうか、下劣極まりない現状です。独り善がりの、安上がりの正義を振りまく野党。そして戦中・戦後の自らの在り方の反動なのでしょうか、報道機関と称するものは、もはや末期的現象ではないでしょうか。もちろん、私は自公政権を賛美しているわけではありませんが、何ら思想もなく、対案を示し得ない野党は、ただただ政権を批判し、倒せばよいかの如くに映るのです。その現状は平和を享受した、「ただ乗り」の政党に見えるわけです。そんな気持ちを抱く中、私自身が吉田満に関わる個人的な思いとささやかな経緯もあり、今回、本書を取り上げた次第です。

吉田満を語る著作には、千早耿一郎著『大和の最期、それから』、粕谷一希著『鎮魂吉田満とその時代』の二冊があります。渡辺浩平著『吉田満　戦艦大和　学徒兵の五十六年』は吉田満を語る、新たな三冊目の貴重な著作と思います。著者である渡辺はPR紙『白水社の本棚』において、「軍歌と讃美歌」とのタイトルをつけ、本書について次のように述べております。

吉田は讃美歌も愛唱した。讃美歌のうちの二つは、吉田の葬儀でうたわれている。「主よ、みもとに近づかん」からはじまる三百二十番と「いずみとあふるる」からはじまる三百五十三番である。交際のあった江藤淳は、牧師（西片町教会）の司式でおこなわれた葬儀に出席してはじめて、吉田がクリスチャンであることを知った。吉田は敵でもなく自らでもなく、一視同仁の公正な裁きを求めていたのではないか、江藤は葬儀の折りの想念を書き残している。

……『吉田満　戦艦大和　学徒兵の五十六年』で私は、大和学徒兵、キリスト者、そして日本銀行員として戦後復興から高度成長経済の金融にたずさわった吉田満の三つの顔をえがいた。そして、その三つの姿から戦中派吉田満の戦争観、戦後観、さらに組織や経済に対する倫理観をさぐった。それは敗戦から七十年を経た現在を生きる私たちにとって、分かりやすいものではない。しかし「戦争」や「戦後」をあらためて考える際、無視できない問題を含んでいると思えた。吉田は軍歌と讃美歌をともに愛唱した。むろん両者に託した思いは同じではないだろう。しかしそこにこそ吉田の思考のおくゆきがある。吉田の著述を読み、彼を知る人にあい、強く感じたことはそのことである。

（渡辺浩平「軍歌と讃美歌」『白水社の本棚』二〇一八年夏号）

◆『鎮魂戦艦大和』のあとがきから

私がニューヨーク駐在時に紀伊國屋書店で買い求めた吉田満著『鎮魂戦艦大和』は、一九七四年八月刊行の『戦艦大和ノ最期』に「臼淵大尉の場合」と「祖国と敵国の間」が加えられたものです。吉田はその「あとがき」に、次のように記しております。

戦中戦後に書かれた戦争文学の類書の量は、無制限ともいうべき厚みに達している。そのなかに伍して、もしこの作品が、初稿から三十年ののちに改稿を許されるに足る特色が恵まれているとすれば、その第一は、ここに扱われた主題、古今東西に比類のない超弩級戦艦の演じた無残な苦闘が、はからずも日本民族の栄光と転落の象徴を形作っていることを示すとともに、みずからの手で歴史を打ち建てるのにいかに無力であるかを露呈するものであった。科学と技術の粋は非合理極まる精神主義と同居し、最も崇高なるべきものは愚劣なるものの中に埋没することによって、ようやくその存在を許された。

……特色の第二は戦争というものの直中に身を置き、みずから戦う人間として、戦争そのものを描き出そうと専念したことに求められるであろう。……しかし、この作品の持つ特色は、反面で、戦争記録文学としての明らかな限界を生んでいるのであろう。戦争の中の赤裸々な自分を、戦後の立場に立つ批判をまじえることなく、そのまま発表するという姿勢からは、戦後時代をいかに生きるべきかについてわれわれに訴えるものがないという指弾は、初版が公にされて以来絶えず行われてきた。

このことについて、私は初版あとがきに、いつの日か、私自身の批判をもってその裏打ちをしなければならない責任を感じている、と書いた。「臼淵大尉の場合」と「祖国と敵国の間」は怠惰な私が、この自戒の言葉にいささか報いるための仕事として、四半世紀の空白のあとにようやく到達した一路標である。

（吉田満『鎮魂戦艦大和』４３２、４３３頁）

かつて占領軍の検閲でその発刊が禁止された経緯のある作品で、なおかつ吉田満の視点にも種々批判等々がある中で「完全版」として刊行をしたことに、吉田の強い決意を感じるものでありました。

そのことをふまえつつ、渡辺浩平『吉田満　戦艦大和　学徒兵の五十六年』を読んでいきたいと思います。

◆渡辺浩平氏の視点

『吉田満　戦艦大和　学徒兵の五十六年』では、吉田満の横顔である日銀行員と、キリスト教徒としての後ろ姿に焦点を当て、吉田満論を展開していきます。「序章・私の立場の核心」から始まり、「第一章・同期の桜」から「第九章・経済戦艦大和の艦橋」、そして、「終章・雲」という構成です。

本書を読み、私としては新たな吉田満の再発見というか、再見直しの必要を感じました。そこで改めて吉田満の著作の再読に至るわけです。本書のなかで特に印象深く感じた諸点を、私なりの感想など交え、記していきたいと思います。

◆日本人としてのアイデンティティーの欠如

渡辺氏は、吉田満が過ごした戦後の三十三年という時間を次のように記しています。

この間に日本が、太平洋戦争とその総決算である敗戦によって得た経験を反芻し、学ぶべきものを学びとるには、充分な時間と試練の場が、あたえられたはずなのに、しかしそれを日本人はおこたってきた。それは、「日本人としてのアイデンティティー（自己確認の場）」をどこに求めるべきかという問いがきちんとなされなかったそこに、「戦後最大の危機」といわれる現代の混迷があるというのである。七〇年代の混迷とは、先に述べた通り「不況と円高の内憂外患の窮境」であり、「外からのわが国に注がれる眼の冷徹さ」であるという。

吉田はその種の窮境が出来たひとつの原因として、敗戦によって日本人が戦争のなかの自分を見つめることなく、いまわしい記憶を抹殺し、戦中と戦後を貫く一貫した責任を自覚しなかったことに求めるのだ。それを「日本人としてのアイデンティティー」の欠如とする。

（渡辺浩平『吉田満　戦艦大和　学徒兵の五十六年』225頁）

このことに関連して、吉田は戦後日本に欠落したものとして、『戦中派の死生観』で次のように述べています。

日本人、あるいは日本という国の形骸を神聖化することを強要された、息苦しい生活への反動から、八月十五日以降はそういう一切のものに拘束されない、「私」の自由な追求が、なにものにも優先する目標となった。日本人としてのアイデンティティーの中身を吟味し直して、とるものはとり、捨てるものは捨て、その実体を一新させる好機であったのに、性急な国民性から、それだけの余裕はなく、アイデンティティーのあること自体が悪の根源であると、結論を飛躍させた。「私」の生活を豊かにし、その幸福を増進するためには、アイデンティティーは無用であるのみならず、障害でさえあるという錯覚から、およそ「公的なもの」のすべて、公的なものへの奉仕、協力、献身は、平和な民主的な生活とは相容れない罪業として、しりぞけられた。

……戦後生活を過りなくスタートするためには、自分という人間の責任の上に立って、あの戦争が自分にとって真実何であったかを問い直すべきであり、国民一人一人が太平洋戦争の意味を改めて究明すべきであるのに、外から与えられた民主主義が、問題のすべてを解決してくれるものと、一方的に断定した。

（吉田満『戦中派の死生観』16頁）

この吉田の指摘は、七十数年後の今日の日本の現状にも十分に当てはまることではないでしょうか。なお、吉田は上記の著書において、吉田とほぼ同世代の鶴見俊輔と司馬遼太郎と対談をしています。この中での司馬遼太郎の発言、

「戦後の日本は、経済大国とか言われますが、他の国に影響を与えるほどの思想を持ってない。もしあるとすれば、『私どもは思想なしで、何とか東京も比較的に犯罪件数もすくなく過ごしています』ということでしょうか」

について、吉田は、

「日本民族の本質をめぐって、数々の長大作をものされた氏が、明治維新に劣らぬ大変革

であった敗戦の経験について、この程度の感想で片付けられるのは腑に落ちないようにおもわれるが、いかがであろうか」

と述べています。（参考　前掲書121頁）

私は吉田満に賛同しました。もっとも、昭和の時代が何か魔物のように突然現れたとするように、私が感じられる司馬史観といわれるものにも、私は賛同もしておりません。

◆占領期の報道規制

吉田が当初執筆した『戦艦大和ノ最期』は、占領軍の民間検閲支隊により全文削除されました。その後、さまざまな出版社から改稿版が刊行され、全部で八つの異なる版があります。ではその戦後の報道規制とはどのようなものであったのか、『吉田満　戦艦大和学徒兵の五十六年』から、以下にポイントをまとめさせていただきます。

戦時中は日本の情報局も厳しい情報統制をおこなっていました。報道機関（同盟通信、NHK、新聞社など）はそれに従い、戦争宣伝を担っていましたが、戦後GHQの占領下になると、その統制主体が、占領軍に変わりました。

つまり占領軍による統制は、表面上は民主主義と自由をうたい、制限は一部としながらも、実際は大掛かりな検閲をおこなうものでした。更に、それと対になる思想管理もするというダブルスタンダードでした。日本の報道機関は、占領軍の宣伝工作に全面的に従い、むしろ、積極的にその宣伝に加担したといいます。

検閲は民間検閲支隊（CCD）が、宣伝は民間情報教育局（CI&E）が担当しました。なお、CCDの上には、民間諜報部（CIS）という組織があり、CISとCI&Eが組織としては同格であったとのことです。CCDの検閲は、放送（ラジオ）、活字のみならず、私信にも及んでいました。一次検閲には多くの日本人が関わっており、また、検閲における郵便検閲の比重は高く、検閲者の四分の三が郵便検閲にあたっていたといいます。

山本武利の試算によれば、占領期の日本人検閲係は、延べ二万から二万五千人とのことですから、郵便検閲にたずさわった人数は一万から二万人いたことになります。郵便検閲は、検閲であると同時に、占領軍による「世論調査」という機能もあわせもち、それが、占領政策に反映されていたというから驚きです。
私が永年勤めていた岡谷鋼機（株）の尊敬する上司が、戦後、アルバイトとして、「郵便局本局の事務所内で個人郵便を検閲していた」と、恥じるようにそっと私に語ってくれた酒場での出来事を改めて思い起こしました。

また、メディアの情報統制については以下のように述べられています。

……報道機関は、民間検閲支隊の統制にしたがうことが、帝国日本の戦争報道に協力した自らの罪の軽減につながると考えた。戦時に、情報局の統制をうけたように、メディアは占領軍の検閲を受け入れ、むしろ、その宣伝を率先垂範し、組織の生き残りをはかったのである。
……しかし、吉田の主張は少し違っていた。「犯した過りを正されつぐなわねばならず、責めは果たされねばならない。」戦争の責任は負わなければならない。しかし、その前にやることがあるはずだ。それは、「おのれの眞實を、もう一度ありありとさぐりあてて見る」ことである。そうしなければ、それはおのれへの冒涜となり、新生への糧はくみとれない、そのように考えたのである。

……それは、敗戦直後、東久邇総理が説いた「一億総懺悔」でも、軍国主義者が「真実を隠蔽」したとする占領軍の戦争罪悪観宣伝とも異なる主張である。

占領軍は、そのような主張が、自分たちの宣伝と鋭く対立するものであり、「占領行政の厄介者」であることを十二分に認識していた。

文語の問題のその文脈のなかで、とらえることができる。昭和天皇の人間宣言も、日本国憲法も、英語の翻訳調ののこる口語で書かれている。……「戦艦大和ノ最期」の文体はそれらの延長線上にある文体だ。「内側から見た日本軍国主義の精髄」が文語で書かれたことは、占領軍が許すことはできないのである。

（渡辺浩平『吉田満　戦艦大和　学徒兵の五十六年』61頁）

◆三島由紀夫の苦悩

『吉田満　戦艦大和　学徒兵の五十六年』では、東京帝国大学の吉田の二年後輩の三島由紀夫にも言及しております。吉田は日銀、三島は大蔵省に入りますが、学生時代から交友関係があったとのことです。吉田がニューヨーク単身駐在の時には、既に著名な作家になっていた三島とのグリニッジヴィレッジのゲイバーでの交遊のことも記されております。そして三島については、次のように記しています。

吉田が絶えず意識していたのは、民族共同体としての国家、つまりは国民国家であり、それを引き継ぐ主体の連続性であった。三島の関心の枠組みは、文化共同体の象徴概念としての天皇ということとなろう。吉田は、三島を回顧した文章のなかで、三島の問題提起に理解をしめす。また、三島の死の意味を解明できると思うことは不遜として、解釈を避けようとする。……しかし、吉田と三島には、そのような過去の日本を見る視点以前に、当時の日本を見る眼に共通したものを感ずる。

（前掲書　181頁）

なお、吉田満は『戦中派の死生観』の中で「三島由紀夫の苦悩」として、以下のように記しています。

三島由紀夫の苦悩は何であったか。彼を自決に至らしめた苦悩の本質は、何であったか。この設問を、彼とほぼ同時代に生まれながら、たまたま太平洋戦争で戦死する〝くじ〟を引き当てた青年達の苦悩と対比して考察せよ、というのが編集部からあたえられたテーマである。私はやはり同じ世代に属し、一時友人として三島と親しくつきあっていたこともあるが、一個の人間、しかも多才な意志強固な行動力旺盛な文学者に、割腹死を決意させたものの核心が何であったかを、解明できると思うことがいかに不遜であるかは、承知しているつもりである。自分なりの結論にせよ、解明できたと思う時は、永久に来ないであろう。三島はみずからの死の意味について、多くの読者にそれぞれ異なる解明の糸口を得たと思わせて去ったが、糸口をたどってゆくとどの道にも、近づくことを許さぬ深淵が待ち構えている。彼の死はそのような死なのであり、そうであることをはっきり意図して、彼はあの死を選んだとしか思えない。

……三島は終戦の時、満二十才であった。それより少なくとも二年早く生まれていれば、戦争のために散華する可能性を、かなりの確率で期待することが出来た。彼が生涯かけて取り組もうとした課題の基本にあるものが、〝戦争に死に遅れた〟事実に胚胎していることは、彼自身の言葉からも明かである。出陣する先輩や日本浪曼派の同志たちのある者は、直接彼に後事を託する言葉を残して征ったはずである。後事を託されるということは、戦争の渦中にある青年にとって、およそ敗戦後の復興というような悠長なものにはつながらず、自分もまた本分をつくして祖国に殉ずることだけを純粋に意味していた。

（吉田満『戦中派の死生観』61頁）

続いて、全共闘と三島についても次のように記しております。なお、臼淵磐とは、吉田も参加した「天一号作戦（坊ノ岬海戦）」で戦死した海軍大尉です。

こうして臼淵磐が、そして彼とともに多くの志ある青年が、死を代償に待望した輝かしかるべき日本の戦後社会は、同世代の中の最も傑出した才能、三島由紀夫によって、完全に否定されるに至るのである。

しかしそのことは、三島が臼淵と全く異なる地点に立っていることを意味しない。たとえば全共闘への共感を表明し……彼らが提起した問題点はいまでも生きている。反政府的な言論をやった先生が、政府から金をもらって生きているのはなぜなんだ、ということだ。簡単なことだよ……と指摘するとき、彼は、臼淵の心情に近い場所に位置しているはずである。

（前掲書　60頁－66頁）

戦後過激な活動に走った多くの学生の中から、一人の自殺者も出ないことは、彼を激怒させた。死ぬ一週間前の対談で、三島は……彼ら、全共闘の革命のために死なないね。危険に徹しぬいて、最後に生命を投げ出すところまで、どうして思いつかないのか、ぼくはそこが分からない……と、あからさまに彼らの殉死を督促している。

（前掲書　71頁）

吉田、三島の視点・観点は現在でも当てはまる、痛烈なものであると感じます。

◆おわりに

『吉田満　戦艦大和　学徒兵の五十六年』執筆にあたり、渡辺浩平氏は吉田の日銀時代の友人、クリスチャンの友人、知人等々を含め多くの人々にも逢い、吉田の実像を描いていきます。本書は、「◆吉田満を取り上げた理由」でも触れたように、吉田満に関する三冊目の本格的な研究著作であると私は考えています。なお、著者の渡辺氏は一九五八年生まれで、専門はメディア論、現在は北海道大学大学院メディア・コミュニケーション研究院教授とのことです。

既に述べておりますように、氏は吉田満の日銀行員並びに幹部としての「横顔」、そしてクリスチャンという「後ろ姿」に焦点を当てて吉田満を語っていきます。長年に亘り吉田満を読んできた私にとって、とても参考になる著作でした。拙稿ではそうした部分の紹介を大分省略しておりますので、ぜひ、渡辺浩平氏の『吉田満　戦艦大和　学徒兵の五十六年』に立ち帰り、一読をお勧めいたします。

繰り返しの繰り言で恐縮しますが、地政学的にも大きく変動する世界においては、アメリカニズムが終焉し、一方、共産党独裁政権の、西欧とは価値観も大きく異なると思われる中国が中華大国への道へと軍事力を含め着々と進めています。更には、経済格差が広まる中で、世界には次々と独裁的指導者が出現。そうした状況下で、日本はどうあるべきなのか、僭越至極ですが、われわれ個人は何を考え、行動していくべきなのかが、まさに問われています。苛立ちと自分自身の反省が交錯しております。

私はたびたび弊ブログ「清宮書房」で山本七平を取り上げてきました。その山本七平と吉田満は懇意でもありました。山本七平は陸軍ですが、軍隊経験があるとともに、プロテスタント教徒という共通点もあるのでしょうか。吉田とは家族ぐるみの交流があり、吉田満の死後、山本夫妻は吉田嘉子夫人をともない死海への旅に出かけたと、著者は記しています。そして、山本七平の以下の言葉をもって、本書を閉じています。私の長々とした拙稿もその最後の言葉をお借りし、おわりといたします。

遠い昔のことでなく、また異国のことでもなく、自分の近いところに、こういう人が現に生きていたのだということ、それを知ることはその人の生涯にとって決して無駄ではない。

（渡辺浩平『吉田満　戦艦大和　学徒兵の五十六年』257頁）

主な参考文献

吉田満『散華の世代から』講談社　一九八一年

同　『鎮魂戦艦大和』　講談社　一九七四年
同　『戦中派の死生観』文藝春秋　一九八〇年
渡辺浩平　『吉田満　戦艦大和　学徒兵の五十六年』白水社　二〇一八年
同　「軍歌と讃美歌」『白水社の本棚』二〇一八年夏号

筒井清忠『戦前日本のポピュリズム　日米戦争への道』を読んで

◆はじめに

昨今の国会審議を見ていて、やりきれないと思うのは私だけでしょうか。本来審議・討議すべき法案には何ら触れず、関連事項と称するものに莫大な時間を労し、時には審議も欠席放棄、そして時間だけが進んでいくこの現状は、いったいいつから始まったのでしょうか。籠池夫婦の逮捕拘留にも繋がった森友学園問題、更には天下り斡旋問題で引責辞任し、不可解な言動を繰り返す文部科学省、前川喜平前次官が述べる加計学園の忖度問題等々、マスメディア報道は実に嘆かわしいことではないでしょうか。それらは奇しくも『戦前日本のポピュリズム　日米戦争への道』で取り上げられている、若槻礼次郎内閣時の、怪文書から始まった大阪松島遊郭移転問題、更には斉藤内閣時の帝人事件等を思い起こすものでした。

現在も国会審議と称するものが行われております。野党の国会での行動は、ただただ時の政権を倒すための、行き当たりばったりの行為であり、そこには理念・思想も政策もない、国会議員とは到底思えない品格を欠く烏合の衆の追求としか私には思えないのです。ただ残念なことは、その国会議員を選んだのも、われわれ国民であるということです。少なくとも五万人以上の支持者によって議員は選出されてきたわけで、これは他人に転嫁できない、われわれ自身の問題なのです。

友人の大西章夫氏によれば、「政治家は、マスコミと国民のレベルの反映であるから、天に唾をするようなものでしょうね」とのこと。残念ですが、そうかもしれません。

コロナ禍にあっても、中華大国への復権を着々と進める中国。そして極めて危険な朝鮮半島の現状のみならず、地政学的にも大きく変動している中、国会では何を論議しているのか。と同時にマスメディアは何を報道し、何を世論として形成したいのか。現在の情勢を見るにつけ、私はマスメディアにより作られた「世論」と称するものに翻弄され、次々と内閣が倒れ、戦争に突入し、敗戦に至った昭和の時代を思い起こすのです。われわれは何を反省しなければならないのか。何を考えなければならないのか。更に加えれば、戦後の日本には、何か根本的なことが抜け落ちてしまったのではないかと思うのですが、いかがでしょうか。

佐伯啓思氏は、『「脱」戦後のすすめ』第四章日本の悲劇の中で、次のように述べています。

他国の憲法は近代憲法として不完全であるものの、その不完全性のゆえんは、国家の存立を前提とし、国家の存立を憲法の前提条件にしているからだ。いわばわざと不完全にしているのである。ただひとり日本国憲法だけが、近代憲法の原則を律儀に表現したために、国家の存立を前提としない、ということになった。平和主義の絶対性とはそういう意味である。

厳格に理解されたいっさいの戦争放棄という、確かに考えられる限りのラディカルさをもった日本国憲法の平和主義は、自らによって国を守る手立てをすべて放棄するという意味で、国家の存立を前提としないのである。恐るべきラディカルさである。

（佐伯啓思『「脱」戦後のすすめ』221頁）

私は佐伯氏の指摘にいつもながら共感を覚えます。「日本国憲法の平和主義」、これが戦後の日本の大きな陥穽に繋がったのではないでしょうか。

近衛文麿の生涯を描いた、筒井清忠著『近衛文麿　教養主義的ポピュリストの悲劇』、二・二六事件の謎を解き明かす同『陸軍士官学校事件　二・二六事件の原点』、更には、『昭和史講義　――最新研究で見る戦争への道』等も読み進めてみました。するとそのタイミングで、『戦前日本のポピュリズム』が発刊されたわけです。日本近現代史の泰斗の指摘に私は学ぶとともに、大いに感銘を覚えた次第です。

◆ポピュリズムとは何か

ヨーロッパ政治史を専攻されている水島治郎氏は、著書『ポピュリズムとは何か』において、ポピュリズムを次のように定義しています。

大まかに分けて、第一の定義は、固定的な支持基盤を越え、幅広く国民に直接訴える政治スタイル。第二は、「人民」の立場から既成政党や政治エリートを批判する政治運動をポピュリズムと捉える定義。

つまり、政治変革を目指す勢力が、既成の権力構造やエリート層（および社会の支配的な価値）を批判し、「人民」に訴えてその主張の実現を目指す運動が「ポピュリズム」というわけです。

一方、筒井氏は掲題の『戦前日本のポピュリズム』の「まえがき」で、日本においてポピュリズムが問題にされ出したのは小泉純一郎首相の頃からであろう、と述べています。

その後、国内的には橋下徹現象から小池百合子東京都都知事が誕生。国際的には英国独立党、フランス国民連合、オーストリア自由党の台頭、更には英国のEU離脱決定、トランプ現象などがありました。しかし氏はそのような現象の指摘に、「何か違和感を持つ」と述べております。その違和感について、氏は次のように記しております。

筆者の違和感というのは、ポピュリズムの定義は色々あるが、要するに大衆の人気に基づく政治ということであるから、それなら日本ではとうの昔、戦前にそれが行われていたということである。そこに「革新」ということを加えても事態にあまり変わりはない。言い換えると、ほかでもない日米戦争に日本を進めていったのがポピュリズムなのに、この戦前のポピュリズムの問題がまったくと言っていいほど取り扱われていないということである。そして、戦前の戦争への道の反省というようなことがしきりに言われるのだから、このことはそのうちに誰かが書くだろうと思っていたが、とうとう一向に現れないまま今日に至った。

（筒井清忠『戦前日本のポピュリズム』ⅱ頁）

そのような視点の下、筒井氏は日本において初めてポピュリズム現象が始まった一九〇五年の日比谷焼き討ち事件を詳細に記すとともに、一九二五年の普通平等選挙制成立以降十六年の歴史を語っていきます。

◆日比谷焼き討ち事件

吉野作造が「民衆が政治上に於いて一つの勢力として動くという傾向の流行するに至った初めは矢張り明治三十八年九月からと見なければならぬ」と述べているとのこと。吉野の指しているのが日比谷焼き討ち事件で、いわゆる日露戦争の講和条約（ポーツマス条約）の締結に反対する国民大会が暴徒化した事件です。賠償金の支払いと樺太譲渡を巡る交渉が難航し、講和問題が大きな政治問題に発展したわけです。徳富蘇峰の「国民新聞」を除き、「東京朝日」を含め新聞各社がその講和条約反対の論陣を張り、世論を煽り、講和問題同志連合会の「国民大会」を企画し、大衆運動を起こしました。その事件の逮捕者は約二〇〇〇名、起訴者三〇八名、警備側の負傷者約五〇〇名、群衆の死者一七名、負傷者二〇〇〇名から三〇〇〇名ということです。

当時の政治に強い関心を抱いた東京・都市の知的青年達を中心とした、現状変更の意欲が強いが、社会的に満たされない、典型的な「革新青年」、「改革派」が起こした事件でした。その後も繰り返される典型的なパターンで、ポピュリズム的傾向が強いといえます。

そしてその事件の考察をするにあたって重要なことは、戦争中に新聞社が主催者として戦争祝捷会や提灯行列を行い、大衆を扇動し、時には死者まで出る状況を作っていたということです。

筒井氏が指摘したのは以下のようなことでした。（参考　前掲書　30～34頁）

・まず、運動の組織には必ずといってよいほど、地方新聞社、ないしはその記者が関係していること。新聞は政府反対の論陣を張り、あるいは各地の運動の状況を報じることで運動の気勢を高めただけでなく、運動そのものの組織にあたった。

・組織は、新聞記者が発起人あるいは弁士の一員として参加している。新聞社か新聞記者のグループが中軸となっていて、そこに政党人、実業団体員、弁護士が加わって中核隊が構成される。

・のちの護憲運動・普選運動の起源は、ポーツマス講和条約反対運動にあったと明確に指摘されうる

・神聖な『皇居』を目標としつつ、集合と解散の身近な場所として日比谷公園を設定する

という形が成立しつつあった。日本に最初に登場した大衆は、天皇とナショナリズム(それも『英霊』的なものによって裏打ちされたもの)によって支えられていた。

◆劇場型政治の開始

一九二五年に普通平等選挙法が成立し、翌年、原敬に続く二人目の「平民宰相」である若槻礼次郎内閣が成立しますが、若槻の所属する憲政会は少数与党のため、苦しい政権運

営が始まります。そこに三つの大きな事件が発生します。

一つ目が、松島遊郭移転に絡む疑獄事件。「朝日新聞」が「松島遊郭にからむ奇怪文書の内容」「政界の大渦巻」「各政党員は全部」などの見出しで、この事件を大々的に報道しました。この疑獄事件と、陸軍機密費事件を担当していた石田基検事が怪死した事件。松島遊郭、陸軍機密費事件はいずれも時の政権を倒すための新聞報道等によるでっち上げとも言うべき事件でした。更に、石田検事が担当していた朴烈怪写真事件も新聞メディアが大きく報道します。問題が大きくなった要因には、時の政権が、普通選挙を控えて政策的要素よりも大衆シンボル的要素が高まっていたことを十分理解していなかったことにあります。すなわち「劇場型政治」への無理解が大きな問題なのです。朴烈問題で「天皇」の政治シンボルとしての絶大な有効性を悟った一部の政党人は、以後これをたびたび駆使します。そして「劇場型政治」を意図的に展開することになり、次の田中義一内閣の統帥権干犯問題、更には天皇機関説問題へとつながっていくわけです。

張作霖爆殺事件は、田中内閣崩壊の要因のひとつにすぎません。宮中に近い貴族院と新聞世論が、内閣崩壊の背景にありました。政党外の超越的存在・勢力とメディア世論の結合という内閣打倒の枠組みがいったんできると、政党外の超越的存在・勢力が入れ替わります。そのこととメディア世論の結合によって、政党政治の崩壊が起きやすくなったのです。そしてそれは再生され、以降も「軍部」「官僚」「近衛文麿」などと形を変えて政党政治の破壊に繋がっていったわけです。

筒井氏は次のように指摘しています。

当時、多くの知識人は、既成政党＝ブルジョア政党への失望と批判ばかりを語り、同時に新興の第三極としての「無産政党」の発展に期待していたのだった。二大政党の意義と理念を語ることができなかった彼らは、「無産政党」が内訌《ないこう》を続けて国民多数の支持を得られず夢が破れると、今度は「軍部」や「近衛文麿」「新体制」などに期待することになる。勝負は、マスメディアの既成政党政治批判と天皇シンボル型ポピュリズムが結合しはじめたこの時期につきはじめていたとも言えよう。

（前掲書　110頁）

ここで重要なことは、政治シンボルの操作が最も重要な政治課題となる大衆デモクラシー状況＝ポピュリズム的状況への洞察なしに、現代に活きる反省には結びつかない、との筒井氏の指摘です。そして氏は、以下のように記しております。

……「政策論争」を訴える若槻の主張はまぎれもない「正論」なのだが、それだけでは政治的に敗北するのが大衆デモクラシーというものなのである。健全な自由民主主義的な議会政治（それは政党政治である）の発達を望む者は、「劇場型政治」を忌避するばかりではなく、それへの対応に十分な配慮をしておかなければ若槻と同じ運命をたどることになろう。……一枚の写真の視覚効果（ヴィジュアルな要素）が政権の打倒にまで結びつき得ることを洞察した北一輝であったが、彼ら超国家主義者こそむしろ、大衆デモクラシー状況＝ポピュリズム的状況に対する明敏な洞察からネイテイヴな大衆の広範な感情・意識を拾い上げ、それを政治的に動員することに以後成功していくのである。昭和前期の政治を「劇場型政治」の視点から理解していくことの必要性が痛感される所以であり、繰り返すが、このことに無自覚な側は敗れていくし、また過去のこの時期にこれが起きたことに無自覚な側はまたしても敗れていくのであろう。

（前掲書　92頁）

いかがでしょうか。森友学園問題、加計学園問題等においても、政権はこのような視点・洞察と、それへの対応が重要だと思うのです。そのためにも、戦前の実例を十分に検証・参考すべきと考えます。

◆マスメディアの状況と変貌

以上のように戦前においては、マスメディア、特に新聞の在りようが大衆世論と称するものに多大な影響を与えてきました。満州事変、五・一五事件等々と、近衛内閣との関わりについて筒井氏の見解を見ていきます。

◇その一　満州事変と新聞の変貌

一九三一年九月一八日の満州事変の勃発前には、大正期以来の軍縮に加え、一九三一年六月ごろから更に陸軍軍政改革（軍縮）が進められました。当時は新聞の力が強く、軍は新聞が作る世論にも追い込まれていました。そこに満州事変が起こると同時に、マスメディアが大きく変貌します。「大阪毎日」が部数を拡張している中、朝日新聞の不買運動もひとつの要因でしょうが、事変後、「朝日」は満州事変支持へと大きく舵を切ります。そしてその結果、各新聞社は満州事変報道を誇らしげに掲げ、世論をその方向に引っぱっていったのです。結果、軍は軍縮どころか肥大化していきます。事変が一段落した翌年春、荒木貞夫陸相は以下のような感謝を述べています。

今次満州事変……各新聞社が満蒙の重大性を経とし、皇道の精神を緯とし、能く、国民的世論を内に統制し外に顕揚したることは、日露戦争以来、稀に見る壮観であってわが国の新聞、新聞人の芳勲偉功は特筆に値する。（『新聞及新聞記者』一九三二年三月号より）

（前掲書　146頁）

◇その2　五・一五事件裁判等と新聞報道

一九三三年の重要な事件は、一月ヒトラー首相就任、三月国際連盟脱退、五月滝川事件等々とありますが、国民の社会意識という点からは、その前年に発生した五・一五事件の裁判が開かれ、その報道が新聞により大々的に行われたことが挙げられます。加えて、五・一五事件と相即の関係にある血盟団事件（井上準之助蔵相、団琢磨三井合名会社理事長の暗殺）の公判についての新聞各社の報道。「大阪毎日」のその見出しは「血盟団の大公判開く　大事決行の信……〝胸深く宛らの奔流〟日召厳かに答え満廷静粛」とあります。すなわち、犯罪者の陳述を傍聴人が〝静粛〟に聞かされたとされ、五・一五事件の前奏曲を奏でるものになります。そして、二つの事件が二編構成の音楽にたとえられ、血盟団事件は「同志十四名が昭和維新を目標に」との見出しで、報告者自身が被告らの言う「昭和維新」に同調的な姿勢が歴然と感じられる報道姿勢なのです。それは裁判の進行とともに昂進し、五・一五事件裁判と社会の分極化につながっていくのです。筒井氏は五・一五事件裁判のポイントであるポピュリズムの背景として次の三つを挙げています。

第一は普通選挙決定（一九二五年）、実施（一九二八年）によりポピュリズム化が開始されたが、政党の勝利で官僚に対する「政治有利」が確立したことが「政党専横」と見られ、批判の対象になった。そしてそれが官僚的なもの（軍人）の復権志向となり、それとマスメディアとの結合傾向が見られはじめたこと。

第二は大正後期以来の軍縮時代の軍人抑圧に対する不満・怨恨がロンドン海軍軍縮条約問題における「政党優位」とその期限切れの一九三六年危機の切迫が、軍人の復権につながったこと。

第三に、大正後期以来の左翼による現在の支配体制への批判（不平等批判）がソ連の支援を受ける外来性のため、ナショナリズム志向が増大し生じた「大転換」の状況に、ナショナルな青年将校らの運動と、マスメディアの同調的報道が適合し、肥大化していったこと。そして、その平等主義的「革新」志向は継続しつつ「天皇型」強化になっていったこと。

◇その3　国際連盟脱退と新聞報道

一九三三年の国際連盟脱退には、松岡洋右全権と並んで明治・大正・昭和三代に亘り外相となった内田康哉外相を挙げなければならないと筒井氏は指摘します。内田外相はヴェルサイユ講和会議、ワシントン条約の際に尽力し、西園寺らに高く評価され、満鉄総裁時には陸軍からも期待されていた人物です。中国・英国・米国の巧みな連携の中、米国での屈辱的扱いから、内田の内面に英米に対する大きな不信を植え付け、彼の中にアジア的のものを作っていった、としています。そして外交演説での、満州国の独立はかの有名な文言「国を焦土にしても此主張（満州国の承認）を徹することに於いて、一歩も譲らないと云う決心を持って居る」に繋がっていくのです。

片や、松岡洋右も、「満蒙は日本の生命線」といった言動は当時の国際社会の理解は得られないものの、関東軍幕僚の論理になっていったのです。そして、これまでのいかなる公文書よりはるかに日本の立場を認めたリットン報告書を、新聞各紙は一斉に非難、全国の新聞一三二紙がリットン報告書受諾拒否共同宣言を出すに至るわけです。そして、二月七日の日比谷公会堂における対国際連盟緊急国民大会がＮＨＫにより全国にラジオ中継され、「国際連盟脱退、帝国全権をして即時撤退帰朝せしむべし」との宣言が採択されます。ＮＨＫ全国中継の政治的影響力が発揮された最初の機会でありました。松岡の背後にはこの国民の「声」があったのです。そして、帰国した松岡全権は横浜駅から東京駅まで「全権列車」が特別編成され、群衆が歓呼で迎えたのです。

太平洋戦争下、当時の政治・経済状況や身辺の生活をいきいきと記した記録『戦争日記』を記された、海外経験の長い外交評論家・清沢洌は、「輿論を懼るる政治家」が闊歩する現状の危険性を激しく指弾し、「欧米には老練のジャーナリストが多く、彼らは知力で勝負しており、優れた分析力を見せるのに、日本の新聞記者は若者ばかりで、ジャーナリズムは体力で勝負するものだと日本人は勘違いしている」と嘆じました。また、欧米のジャーナリズムは厳密な統計など正確なデーターに基づいた報道を熱心に心がけているのに、日本のジャーナリズムでは不正確なものが平気で横行しており、ポピュリズムに足を取られやすい危険性の高いことも強く指摘しているとも述べています。（参考　前掲書　２０９頁）

何かこの現象は、現在でも当てはまることではないでしょうか。

前に述べたように、日比谷焼き討ち事件が日本のポピュリズムの起源となりますが、国際連盟脱退の時点では下から上まで大衆世論に覆い尽くされていました。すなわち外交問題における日本のポピュリズムが、明治と異なり昭和前期には、ある完成段階に達したことを告げたのが国際連盟脱退事件なのです。

◇その４　帝人事件と新聞報道とその責任

帝人事件とは一九二七年の金融恐慌の煽りで倒産した鈴木商店の系列企業であった帝国人造絹糸（株）の株式を、財界人グループの関係者が政府高官の口利きで、台湾銀行から不当に安く譲り受け、時の蔵相等や大蔵省幹部が謝礼として受け取ったとする事件です。森友学園問題に関連して参考になるのではと思い、長くなりますが以下、紹介いたします。

事件の発端は一九三四年一月、「時事新報」の武藤山治のスクープでした。これを関直彦が貴族院本会議で政府高官の仲介で帝人株が不当売却されたと追及し、事態が発展していきます。当時の大阪朝日は次のように報道したと筒井氏は述べています。

「暴露された株売買の裏面　驚くべき策謀と醜悪な犯罪事実　背任として最も悪質、検察当局の鋭いメス……検察当局の鋭い解剖のメスが一度この問題に加えられるや、その裏面に驚くべき策動と醜悪な犯罪事実がひそんでいたことがことごとく暴露するに至った、しかもこの事件は帝人と台銀の関係を歴史的に回顧する時背任事件として最も悪質なるを思わしめるものがあり更に綱紀粛正を標榜する現内閣の大官がこれに関係を有する事実まで暴露されたことは最も遺憾であるといわれている」

（筒井清忠『戦前日本のポピュリズム』２１３頁）

その後も明確な証拠が提示されているわけではないものの、報道は「背任罪の核心」「収賄罪は成立」等々、あたかも事実であると読者に感じさせる報道が続けられます。そして一九三七年十月五日まで二六五回の裁判が開廷され、同年十二月十六日、被告一六名全員が無罪という空前の裁判結果となります。その時の東京地方裁判所の全員無罪の判決の中で、事件そのものが「空中の楼閣」であることが明記され、「今日の無罪は証拠不十分による無罪ではない。全く犯罪の事実が存在しなかったためである。この点は間違いのないように」と驚くべきことを裁判長が語ったのです。その判決に対し「大阪朝日」は「何か割り切れない」で始まり、同調した検察を「司法ファッショ」などと糾弾して、「斉藤内閣の総辞職」には全く無関係のごとく書き、その「社会的の損害は到底補うことは出来ないのである」としたのです。ここで、筒井氏は次のように極めて重要な指摘をします。

すなわち新聞は、当初検察に乗って財界・官界要人を激しく攻撃しておきながら、無罪となると今度は検察を糾弾、自ら内閣を倒したことには無関係を装い、損害に対する補償も無頓着のままやりすごしたのだった。新聞は政党攻撃を開始してから、田中義一内閣攻撃では天皇周辺・貴族院による倒閣を支えた形になり、五・一五事件裁判では陸海軍とともに世論を煽動するなどしてきたが、今度は司法官僚の「社会改正」と組み、無罪の人たちを攻撃し内閣を倒したのだった。

一九三四年に起きた事件の判決が三年後に無罪と出たとしても、内閣が倒れ、天皇機関説事件があり二・二六事件などがあった後では、人々の記憶が大きく修正されるものではないだろう。こうして、この事件は政党・財界の腐敗を印象づけ、正義派官僚の存在をクローズアップさせた事件として記憶に残るものとなった。言い換えれば、政党の後退と官僚・軍部の擡頭の方向へのマスメディアによるポピュリズムに大きくプラスした事件なのであった。

（前掲書　224頁）

◇その5　近衛内閣の時代　日中戦争と日米戦争へ

世論の圧倒的な賛辞の下、一九三七年六月に第一次近衛内閣が発足します。サプライズ人事として、大阪朝日新聞元記者、信濃毎日新聞元主幹であった風見章を内閣書記官長に就任させます。時として人が陥りやすい、いわゆるサプライズ人事です。そして風見章を昭和研究会に入会させます。これは日本最初の本格的知識人ブレーンの集まる研究会で、錚錚たるメンバーで構成されていました。蝋山政道を中心に、三木清、東畑精一、笠信太郎、高橋亀吉、中山伊知郎、大河内一男、杉本栄一、風見章、矢部貞治、尾崎秀実、宗像誠也、清水幾太郎、林達夫、三枝博音他。そして後に稲葉秀三、勝間田精一、和田耕作他も参加していきます。このような当時の第一級の知識人をブレーンに持ちながら、うまく機能せず、日本は破局に向かっていったのです。なぜなのでしょうか。このことは現在においても改めて研究しなければならない重要な点だと、私は思います。

残念ながら、ポピュリズム的性格で成立し、教養主義者といわれた近衛にとって、戦争は最も取り扱いの難しい問題でありました。内閣発足の一か月後に、盧溝橋事件が起こります。そして風見章の発案によって、史上初めて、官邸において言論機関代表、貴衆両院代表、財界代表と協力要請のために、会合を三〇分おきに開きます。翌日の新聞各社は「挙国一致の結束なる　政府の方針遂行に協力……」と対外強硬政策姿勢の報道をしていきます。これがかの有名な「爾後国民政府を対手とせず」に繋がり、トラウトマン和平交渉は潰れていきました。著者は次のように記しています。

議会・世論を考えたからこそ和平工作は潰れ、強硬な声明が出され、戦争は拡大していったのだった。逆に言うと、議会と世論が弱ければ和平工作は成功していたかもしれないというのが実相なのであった。ここにポピュリズム的政治の危険性が明確に見て取れるといえよう。近衛内閣はポピュリズムによって成立し、ポピュリズムによって戦争を拡大し、泥沼に追い込まれたのであった。

（前掲書　266頁）

一九四〇年七月十六日、米内光政内閣が倒れ、第二次近衛内閣が発足します。綱領は何もなく、「綱領は大政翼賛、臣道実践という語に尽きる」との近衛演説のみで、大政翼賛会ができ、日米開戦、日本の敗戦に繋がっていきました。なお、その間の経緯と近衛文麿の悲劇については、筒井清忠著『近衛文麿』をご一読いただければ幸いです。

◆おわりにあたり

新聞各社は、近衛文麿が自決した際には近衛の戦争責任を厳しく論じ、かつて紙面で彼をあれほど褒めそやしたにもかかわらず、まるで新聞自らは何の責任もないかのごとく紙面でその死を報じました。日米開戦時から急速に発行部数を倍増させた朝日新聞も自らの責任は問わず、いや、問う精神もなく、〝まだ自殺者が足りない〟が如く、次のような紙面を展開します。

降伏以後、最近までの公の行蔵は世人をして疑惑を深からしむるものがあった。逸早くマッカーサー総司令部を訪問したのも、その真意は果たして何であったか。……公の戦争責任感は薄く、今後の公生活に対して未練があり、公人としての態度について、無頓着と思われたのである。……近衛公が政治的罪悪を犯し、戦争責任者たりしことは一点疑いを容れない。……降伏終戦以来、戦争中上層指導の地位のありしもの、一人進んで男らしく責任を背負って立つものがない。隣邦清朝の倒るるや一人の義子なしと嘆じられたが、降伏日本の状態は、これに勝るとも劣らないものがある。徳川の亡ぶる際も、まだ責任を解する人物があった。……マッカーサー総司令部の発令に追い詰められて、わずかに自殺者を出している有様である。

（筒井清忠『近衛文麿』294、295頁）

参考図書

筒井清忠『戦前日本のポピュリズム　日米戦争への道』中公新書　二〇一八年
同『近衛文麿　教養主義的ポピュリストの悲劇』岩波現代文庫　二〇〇九年
同『陸軍士官学校事件　二・二六事件の原点』中公選書　二〇一六年
筒井清忠編『昭和史講義　最新研究で見る戦争への道』ちくま新書　二〇一五年
同『昭和史講義2　専門研究者が見る戦争への道』ちくま新書　二〇一六年
同『昭和史講義3　リーダーを通して見る戦争への道』ちくま新書　二〇一七年
佐伯啓思『「脱」戦後のすすめ』中公新書ラクレ　二〇一八年
水島治郎『ポピュリズムとは何か　民主主義の敵か、改革の希望か』中公新書　二〇一六年
清沢洌 著・山本義彦 編『暗黒日記　1942-1945』岩波文庫　一九九〇年
服部龍二『佐藤栄作　最長不倒政権への道』朝日選書　二〇一七年
同『広田弘毅　「悲劇の宰相」の実像』中公新書　二〇〇八年
デイヴィッド・アイマー 著　近藤隆文 訳『辺境中国　新疆、チベット、雲南、東北部を行く』白水

社　二〇一八年
阿南友亮『中国はなぜ軍拡を続けるのか』新潮選書　二〇一七年
中澤克二『習近平帝国の暗号２０３５』日本経済新聞出版社　二〇一八年

細谷雄一『自主独立とは何か　後編　冷戦開始から講和条約まで』ほかを読んで

戦後から講和条約、日米安全保障の経緯を記述する作品です。

ロシアのウクライナ侵攻開始後、わが国の戦前・戦後の歴史と日本の現状を改めて考えてみようと、標題の書を再読した次第です。

なお、緊迫した国際情勢の中にありながら、二〇二二年実施の参議院議員選挙に際しても、多くの訳の分らない政党が乱立する現状は、平和ボケのひとつの現象と考えます。改めて国会議員の資質、並びに政党とは何か等々、われわれ自らを含め、根本的に考える必要があるのではないかと思うのです。

そこで、細谷氏の『自主独立とは何か　冷戦開始から講和条約』に加え、数冊の関連の著作につき、要点を押さえながら私の意見も付記していきたいと思います。著者の考えや思いとは異なる所、あるいは誤解もあるかもしれませんが、ご容赦願います。

◆細谷雄一『歴史認識とは何か　日露戦争からアジア太平洋戦争まで』

細谷雄一『歴史認識とは何か』及び『自主独立とは何か』には、副題として、「戦後史の解放」と記されております。現代史がわれわれ現代の政治にとって大きな位置を占めながらも、それを深く学ぶ機会が限られていることと並んで、もうひとつの大きな問題は、われわれの外交の経験、そして外交の理解が圧倒的に国際社会のそれからずれていることがしばしばあることです。これに関して、細谷氏は次のように述べています。

国際政治を正しく理解するのは難しい。だが、その潮流が変化していることを適切に認識して、その変化の方向を理解することはもっと難しい。国際政治は常に動いている。それがどのような方向に向かっているのか、そしてどのような性質が変化しているかを的確に理解してはじめて、日本が進むべき進路も見つかるはずである。その進路を見誤り、漂流して、孤立したことが、戦前の悲劇的な戦争を開始し、悲惨な敗戦を経験することになった大きな理由であった。

（細谷雄一『歴史認識とは何か　日露戦争からアジア太平洋戦争まで』7頁）

序章「束縛された戦後史」において、戦後五十周年を迎えた一九九五年八月十五日の村山首相の、いわゆる村山談話に言及しています。

村山首相の言葉の中には「植民地支配と侵略」によって多くの悲劇をもたらしたことへの「痛切な反省」と「心からのお詫び」という言葉は含まれていました。戦後日本の首相による談話で、ここまで踏み込んで「反省」と「お詫び」の念を表明したことはありませんでした。

一九二四年生まれで、戦時中は学徒出陣で陸軍に入隊し、陸軍軍曹として戦争を終えた村山氏にとっては、アジア侵略の歴史は自らの人生とも深い接点をもつものであったし、村山首相は「独善的なナショナリズム」が日本で台頭することを懸念していたのでしょう。

ただ、自民党、社会党、新党さきがけの連立政権下、国会における謝罪決議は、賛成した二百三十名に対し、与党と野党を併せた欠席者は賛成者を上回る二百四十一名。このことは日本国内で統一的な歴史認識を創り出すことがいかに難しいかを端的に示しています。この時の玉虫色の決議文は、中国や韓国から批判される結果となりました。

結果として、村山政権を通じて、歴史認識問題が日中間および日韓間での深刻な外交問題に発展してしまい、それまでは経済的な相互利益や、共通の戦略利益に基づいて発展してきた日中、日韓関係において、国民世論を巻き込んだ摩擦を生んでしまったわけです。

それから二十年が経過した二〇一五年、再び歴史認識問題を巡って日本国内で激しい議論が沸き起こり、歴史認識の政治問題化が進みました。いかなる内閣といえどもこの問題を避けて通ることができなくなったのです。

細谷氏は次のように述べています。

歴史認識がそれぞれの国のアイデンティティと深く結びついている以上、そもそも国境を越えた歴史認識の共有がいかに難しいのかという意識が、おそらく村山首相には欠けていたのだろう。国家間の問題についても、十分な誠意を示せば決着がつくと感じていたのかもしれない。ところが歴史認識という「パンドラの箱」を開けた結果、むしろ中国でも韓国でも歴史問題を封印して、凍結しておくことがもはや不可能になってしまったのだ。その意味では、村山談話は誠実な態度で歴史に向かおうとしながらも、結果としては困難な問題の解決を図ろうとして、外交問題化させてしまったというべきであろう。

（前掲書　27頁）

……村山談話にみられるような歴史認識も、そこに描かれているのは客観的な歴史事実というよりも、それを作成した者たちの歴史認識が色濃く反映されたものと見るべきである。もちろん中国政府や韓国政府の批判も、歴史的事実を純粋に議論することよりも、それを通じて国民の支持を固め、自らの政権基盤を確立することに目的があるとしても、けっして不思議なことではない。

（前掲書　37頁）

更に、一九八〇年代におけるフェミニズムとポストモダニズムという新しい二つの思想的潮流が、歴史認識に息吹を与えます。

その結果、従来の伝統的な、歴史事実に基づく歴史学ではなく、自らの運動を実践するための手段として「歴史」が用いられるようになっていきます。このことについて、細谷氏は、正確な史実に基づく歴史を明らかにするよりも、過去の『事実』をシンボルとして操作的に利用することで、自らの望む方向へ現実を動かそうと運動するのである。だとすれば、韓国側が現代の日本政府の歴史認識に関する姿勢を批判するのに対して、日本側がその歴史事実の不正確さを批判したとしても、うまく『対話』がかみ合うはずはないと記しています。（参考　前掲書　46頁）

それはまた日本でも同様であり、左派、右派ともに、歴史が政治運動とあまりにも深く結びついてしまいました。かつては、マルクス主義的な歴史学が、共産主義社会を実現するための道具として歴史学を利用してきました。歴史家同士が異なる歴史理論に基づいて激しい対立を繰り広げ、異なる歴史を描いてきたのです。日本の国民や政治家の間でも歴史認識を共有することは難しいといえます。いわば、歴史認識をめぐる「内戦」です。そこで細谷氏は、日本の歴史認識問題を理解するためには、これまで日本人がどのように近現代史を論じ、総括してきたのかについて理解することが重要だと述べています。
更に、われわれの思考を拘束しているのはイデオロギー的な束縛、反米史観や陰謀史観による束縛のみではなく、「時間的な束縛」であり、あらゆる歴史の歯車が「一九四五年八月一五日」から動き始め、それ以前の歴史と戦後史が完全に断絶しているという歴史観であると指摘し、以下のように記しています。

たとえば、日本国憲法が掲げる平和主義の理念、戦争放棄の理念を理解するためには、一九二八年八月二七日にパリで署名された不戦条約や、一九四五年六月二六日にサンフランシスコで調印された国連憲章二条四項を理解しなければならない。「戦後」のみを観ていたのでは、戦後史を深く理解することが難しいのだ。一九四六年十一月三日に公布された日本国憲法の第九条だけを観ていて、これにより世界ではじめて戦争放棄と平和主義の理念が実現したと観るのは、正しい歴史理解とはいえない。より広い時間的な視野の中から、戦後史をとらえ直す必要がある。それによってはじめて、戦後日本が掲げた平和国家としての理念を深く理解できるはずだ。

（前掲書　57頁）

そして戦前の日本が陥った本質的な問題がイデオロギー、時間、空間という三つの束縛からくる国際主義の欠如と、孤立主義への誘惑であったと論じていきます。すなわち、国際社会の動向を理解せずに、自らの権益拡張や正義の主張を絶対的なものとみなしたことが日本を破滅の道へと導いていったというわけです。だとすれば、国際主義を回復することが戦後の日本の大きな目的でなければなりません。戦前の日本が、軍国主義という名前の孤立主義に陥ったとすれば、戦後の日本はむしろ平和主義という名前の孤立主義に陥っているというべきではないかと氏は指摘します。たとえば、平和主義と戦争放棄の理念を、一九二八年の不戦条約や、一九四五年の国連憲章二条四項を参照することなく、あたかも憲法九条のみに存在する尊い日本固有の精神であるかのように錯覚し、ノーベル平和賞を要求すること。これは、美しいふるまいとは言えないであろうと終章で述べています。

◆細谷雄一『自主独立とは何か　後編　冷戦開始から講和条約まで』

『歴史認識とは何か』に続いて前後編で刊行されたものですが、むしろこちらが、著者がそもそも伝えたい内容であったように思います。なお後編は「第4章　分断される世界」、「第5章　国際国家日本の誕生」、そして「終章　サンフランシスコからの旅立ち」で構成されております。

その第4章の冒頭で、日本国内に大日本帝国憲法の改正へ向けた動きが始まる一九四五年秋から一九四六年春にかけての半年は、国際政治が大きく変転し、戦時中の連合国間の協力が対立へと、移行・推移していく時期と重なっていました。いわゆる冷戦の起源とみなされる時期で、アメリカの国務省や軍関係者のなかでは対ソ関係の悪化を主な理由として、長期的な戦略を転換していく必要性が認識されていたわけです。

とりわけ厄介な問題は戦勝国ソ連です。

ソビエト連邦は依然として敵対的な「資本主義の包囲網」の中にあり、長い目で見れば資本主義との恒久的平和共存はありえないのです。細谷氏は、次のように述べています。

なぜソ連は、西側諸国との協議を継続することを求めないのか。何が問題なのか。国際問題に関するクレムリンの神経過敏症的な見解の底には、ロシアの伝統的、本能的な不安感がある。元来これは、獰猛な遊牧民と隣合わせに、広大なむき出しの平原に住もうとした、平和な農耕民族の不安であった。ロシアが経済的に進んだ西方と接触するようになったとき、その地域のより有能で、より強力で、より高度に組織された社会に対する恐怖がその上に加わった。

（細谷雄一『自主独立とは何か　後編　冷戦開始から講和条約まで』62頁）

何か、現在のロシアのウクライナ侵攻にも関連するかのようで、私は興味深く感じた視点です。

続いて、スターリンの専制政治に対する国民の不満、スターリンの恐怖。加えて、ドイツと日本が復興して、再びソ連にとっての脅威となること。ソ連は、日本が戦後に平和国家になることなど簡単には信用できなかったのです。更にアメリカの広島、長崎への原爆投下によって、米ソ両国のバランスが崩壊したことも冷戦に関係しています。

核開発のために東欧諸国をソ連が支配し、ウラン鉱石を確保するためにウラン鉱石が埋蔵されている東欧諸国をソ連が管理することが不可欠との認識等が、ソ連が西側諸国との連携を求め得ない大きな要因であると、氏は指摘しています。

そして、英国首相・チャーチルの「鉄のカーテン」演説と並び、その後のアメリカ政府の政策に大きく影響したアメリカの外交官・ケナンの長文電報です。加えて、一九四七年にケナンが『フォーリン・アフェアーズ』に寄稿した論文「ソ連の対外行動の原理」が世界中で多くの読者に読まれ、国際世論と主要国の政策を大きく動かすモーターとなりました。そして、世界は、戦後初期の米ソ協調を基調とした時代から、米ソ対立を基調とする冷戦の時代へと、音を立てて回転し始めていたのです。

片や、日本国民の多くは平和で安全な世界がこれからは続くものと楽観していたのではないか。外交権を失い、国際政治の舞台で活動する機会を喪失した日本人は、いわば壁に覆われた閉鎖的な空間の中で、平和を夢見、自らの安全を望んでいた――というわけです。

また、一九四六年に公布された日本国憲法と一九四九年に制定された旧西ドイツのドイツ連邦共和国基本法（ボン基本法）には大きな違いがあり、前者が理想的な国際環境を前提にして日本の戦力不保持を規定しているのに対し、後者はむしろ冷戦下の峻厳な現実を前提にした西ドイツの防衛力保持を視野に入れていると氏は述べています。

◆天皇制の維持

「第4章　分断される世界」では、天皇制とその維持についてアメリカの国務次官の知日派外交官のジョセフ・グルーの主張が通ったことなど、極めて貴重な記述が展開されます。グルーの主張は以下のようなものでした。

日本が極度に弱体化すれば、必然的にソ連が勢力圏を拡大する。最悪の事態は戦後に日本が共産主義化し、ソ連の友好国になることである。そうならないためにも、日本において天皇制を維持し、平和的な日本を再建するための『礎石』とすべきである――。

なお、中国やオーストラリアは、日本の軍国主義の源泉と考える天皇制を廃止するとの主張でした。加えて、アメリカの一九四五年六月二十九日付けの『ワシントン・ポスト』紙一面に報じられたギャラップ社の世論調査によれば、戦後の天皇存置について、三三パーセントが天皇の処刑を支持、三七パーセントが天皇を裁判にかけるか、あるいは終身禁固または流罪にすべきと考えており、天皇制を存続させて利用することを支持する声は七パーセントに過ぎなかったそうです。日本人、そしてとりわけ天皇に対する憎悪や敵意に満ちたアメリカ世論に対して、どのように天皇制存続の必要性を説くかは、難しい課題であったと述べられています。（参考　前掲書　24、25頁）

再び世界戦争が勃発することを回避して、安定的な平和を確立するためには、国際連合を設立するだけでは十分ではありませんでした。ソ連の膨張主義的な対外姿勢に対応するために、アメリカ政府は新しい長期的な国家戦略が求められていたのです。

氏は、占領下の日本で首相として長く指導的な立場に立った吉田茂の『回想録』を引用しながら、連合国の占領の占領統治が三つの段階を経ていることを記しています。

すなわち、第一段階は日本の非軍事化と民主化とが徹底的に推し進められた時期で、一九四六年四月の戦後最初の総選挙、主権在民と戦争放棄を建前とする一九四六年の新憲法の発布。

第二段階は日本経済に重点が置かれ、日本経済を復興強化させ、共産主義勢力の浸透を防ぐ方針に転化したこと。

第三段階は朝鮮戦争の勃発から一九五一年サンフランシスコ平和条約成立と、同日の日米安全保障条約の調印です。

◆戦後日本の大衆思想

「第5章　国際国家日本国の誕生」「終章　サンフランシスコからの旅立ち」では、極めて興味深い記述が展開されていきます。ロシアのウクライナ侵攻を巡る現在の国際状況、そして日本の現状・在り方を改めて考える上でも、とても参考になるのではないでしょうか。

◇その1　開化した民主主義

一九四六年四月十日、戦後初の総選挙が行われ、改正選挙法の下で、女性の参政権が認められ、選挙権者の年齢は二十五歳から二十歳になりました。中道保守の自由党が百四十議席、中道の進歩党が九十四議席を得たものの、自由党の党首鳩山一郎は公職追放となり、第一次吉田茂内閣が発足します。

なお、マッカーサー率いるＧＨＱは、世界政治が大きく変わる中にあって、社会党を中心とした中道左派政権誕生や反共主義的な保守政治家に警戒感を強めていた民政局（ＧＳ）と、むしろ共産主義勢力の拡大に対して強い懸念を持つ参謀第二部（Ｇ２）との亀裂と対立が激しくなり始めていました。鳩山一郎の追放は民政局によるものであったわけです。

◇その2　平和という蜃気楼

その後、一九四九年八月にソ連が原爆実験に成功してアメリカの核独占が終焉。十月には毛沢東率いる共産党が蒋介石率いる国民党に勝利し、中華人民共和国が建国されました。その翌年には朝鮮戦争が勃発。一九四八年から一九五〇年にかけて、東アジアの国際情勢も急速に変転します。また、共産主義が世界中のあらゆるところで拡大していくことになります。

一方、日本国内はＧＨＱの下で言論に規制がかかっており、国内にいて世界の潮流を適切に理解することは容易ではありませんでした。他方で、多くの自由主義者たちは、戦争に動員されて悲惨な戦争経験をしたことが軍事組織に対する嫌悪感に帰結したことで戦後民主主義の中で活発な言論を展開し、日本独特の平和主義の思想が醸成されていきました。

平和問題討議会から発展した「平和問題談話会」は、講和条約をめぐって政治的な旗幟を鮮明にし、活発な活動を展開していきます。吉田茂の保守政権が反共主義的な政策を進めるのに対し、より親共的な立場からの政策を提案、戦後日本の非武装中立論や、反戦運動、全面講和の主張、日米同盟批判へとつながっていきました。

日本に与えられていた選択肢は、単独講和か全面講和かではなかった。実質的にアメリカの占領下にあり、主権を失っていた日本には、そのような贅沢は不可能だったのだ。日本に与えられていた選択肢は、アメリカ政府の許容可能な講和か、あるいは占領の継続か、あるいはドイツや朝鮮半島のような、米ソ両国による日本の国土の分断であった。……そのようななかで吉田茂首相は、占領が半永久的に継続することよりも、あるいは国家が分断されることよりも、アメリカを中心とした西側諸国との講和条約を早期に締結して主権を回復することが、現実に可能なもっとも望ましい選択肢と考えたのである。

（前掲書　172頁）

◇その3　拘束と選択の中での自主独立

敗戦後の日本も、そして戦勝国のアメリカもまた、一定の拘束の中で外交を行わなければなりません。いかなる国も、真空の中にあるのではなく、歴史的運命、すなわち無数の拘束と限られた選択肢の中で、困難な船の舵取りをしなくてはならないのです。日清戦争後、屈辱的な三国干渉に臥薪嘗胆の譲歩をしたこととしかり、日露戦争後に日本が戦勝国として行った講和会議しかり。それは憲法制定や、ワシントン講和条約締結、日米安保条約署名の日本の決断も同様でした。

そして吉田茂首相の外交上の選択については、「終章　サンフランシスコからの旅立ち」において、北岡伸一氏の言を借りながら次のように述べています。

「吉田によれば、日本は明治以来、英米との関係を中心に発展してきた。ところが、軍部の暴走によって、誤った道を歩むようになってしまった。こうした軍部を除去し、英米と深い関係を結び、経済中心に発展することは、吉田にとって日本の正しい道に復帰することであったのである。要するに吉田は、共産主義は国民の自由と繁栄の観点からして誤った思想であると断じ、日本の発展は西側の一員としてやっていく方向にしかなく、冷戦の中で、日本は西側の一員として役割を果たさなければならないと論じたのである」

（前掲書　２３９頁）

加えて、著者はこの終章で次のように述べています。

……かつて吉田が「世の共産主義者並びにその亜流は、米国の帝国主義下に日本が隷属しているかの如く誣いるのが常である」と論じた状況は、現在でも変わっていない。相も変わらず、「共産主義者並びにその亜流」が、「対米従属」を批判し、アメリカとの友情や信頼関係を嫌い、それを破壊しようと叫び続けている。日米同盟を破壊することは、中国や北朝鮮のような共産主義勢力が最も好むものであって、自由主義と民主主義に価値を置く立場からは、為にする批判と受け取られるものであろう。

（前掲書　240頁）

この記述に、私は賛同するところです。著者の細谷氏は本書を書き上げた後、大磯の旧吉田邸、そして吉田茂政権で重要な任務を担った白洲次郎が居住した鶴川にある武相荘、そして荻窪の旧近衛文麿邸である荻外荘を訪れました。すでに主人は亡き後でしたが、この三人の生態を理解する上で大いに示唆を得られた気がすると記しています。私にも印象が深く残る「おわり」でした。

一方、現在のソ連によるウクライナ侵攻の深刻な脅威の中、現在の中国の異様な行動・活動は、今後もますます強まることはあっても、弱まることはないでしょう。ソ連に加え、わが国は中国、北朝鮮に囲まれています。そうした脅威は、強まることはあっても弱まることはないでしょう。

主な参考図書

細谷雄一『戦後史の解放Ⅱ　自主独立とは何か　後編　冷戦開始から講和条約まで』新潮選書　二〇一八年

同『戦後史の解放Ⅰ　歴史認識とは何か　日露戦争からアジア太平洋戦争まで』新潮選書　二〇一五年

同　『国際秩序　18世紀ヨーロッパから21世紀アジアへ』中公新書　二〇一二年
同　『安保論争』ちくま新書　二〇一六年
吉田茂　『回想十年』毎日ワンズ　二〇一二年

佐伯啓思『西田幾多郎　無私の思想と日本人』、小林敏明『夏目漱石と西田幾多郎――共鳴する明治の精神』を読んでみて

◆はじめに

二〇一五年、毎年開かれる同期のゼミナリステンの集いが、晩秋の京都で行われました。夕暮れ時でしたが、西田幾多郎の「哲学の道」を三々五々、散策いたしました。佐伯氏はその「哲学の道」を掲題書で次のように記しております。

人のいなくなった夕暮れ時などに来るとこのゆったりとした味わいは格別のものです。哲学の道から疏水《そすい》を越えて奥へ入ると法然院のあたりにでますが、このあたりのほの暗い静寂は、

一瞬、時間が脱落した異次元に引き込まれてしまったような心持になります。

（佐伯啓思『西田幾多郎　無私の思想と日本人』8頁）

そんな高尚な心持ちとはほど遠いのですが、佐伯啓思氏の『西田幾多郎　無私の思想と日本人』及び小林敏明『夏目漱石と西田幾多郎——共鳴する明治の精神』について、僭越ながら私なりに興味・共感を覚えた諸点を記してまいります。

なお、ご存じの通り、佐伯啓思氏は一九四九年生まれ、東京大学で理論経済を専攻され、その後、社会思想史にも進まれた京大名誉教授です。片や、小林氏は一九四八年生まれ。名古屋大学文学部哲学科卒、現在はライプツィヒ大学東アジア研究所の日本学科教授です。

佐伯氏は、著書『日本という「価値」』の中で、西田幾多郎について以下のように述べています。

京都学派と戦争の関係については戦後様々なことが言われた。戦中にはむしろ自由主義的とされて右翼や陸軍からは批判され、戦後には戦争協力としてタブー視されることになった京都学派の試みについては、ここで詳論する余裕はない。また別の機会に譲りたいが、京都学派の試みとその挫折の意義を改めて検討する価値は十分にあるのではないだろうか。実際、私は、京都学派の「世界史の哲学」の試みは挫折したし、結局、失敗したものだと考える。しかし、では何が挫折したのか、どうして失敗だったのかは改めて論じる必要のあることがらなのではなかろうか。

（佐伯啓思『日本という「価値」』３００頁）

一方、小林敏明氏は同じような観点から、『夏目漱石と西田幾多郎』において、西田幾多郎といえば、必ず禅が連想され、主著「善の研究」を「禅の研究」だと思っている人も少なくないようだとしながらも、次のように記しています。

にもかかわらず、こういう「不可解」な西田の文章が今日依然として読まれ続けるのはなぜだろうか。私は、そこに既成の思索を破ったり、超えたりするような新たな思考の可能性があるかもしれないという予兆めいた期待が、読者の側にはたらくからだと考える。再び物理学に例を取っていうなら、日常の意識では歴然と区別される時間と空間も、時空連続体を考える物理学者にとってはそうでない。それはたんなる時間でも、空間でもないと同時に、その両方でもあるといわざるをえないXである。西田の思索が狙っているのは、何かそのような次元のものである。

（小林敏明『夏目漱石と西田幾多郎』２１１頁）

私は両氏の一面相通ずる観点に惹かれました。とりとめのないものになりますが、両氏の著書を読み比べ、私なりに共感した、あるいは新たな認識を持ったことを記してみようと思います。

◆両者の共通点

◇小林敏明『夏目漱石と西田幾多郎』

夏目漱石、西田幾多郎は同じ時代を共有しながら、互いによく似た体験をしている事実があります。漱石は第一次世界大戦中の一九一六年に死去。片や西田は一九四五年、第二次大戦終結直前の数ヶ月前に死去しています。漱石は一八六七年、西田は一八七〇年生まれで、ほぼそのまま明治日本の誕生と重なります。時代を共有し、しかも両者の家族関係も含め似たような体験を持ったということは、彼らの思想内容にも相通じるものをもたらした、と氏は述べています。

◇家族関係と教育過程他

夏目漱石は、江戸牛込馬場下横町（現喜久井町）の町方名主の父のもとに五男として生まれました。父の先妻には二人の姉がおり、夏目漱石は八人目の子供で、幼少期の漱石は養子に出されたり戻されたりしていて、決して安定というか、安住した生活を送ってはいません。

なお、本題とは離れますが、二〇一七年十一月の初め、吉祥寺の古本屋で、たまたま、漱石の孫の夏目房之助の著書『漱石の孫』を見つけました。漱石のロンドンの下宿先を尋ねながら漱石を語るものですが、漱石の夫人鏡子並びにその長男純一、そしてその子供房之助の姿が写し出されております。夏目漱石家三代の歴史の一面を語るもので、夏目家のその後を知ることにもなり興味深く読んだ次第です。ご参考までにご一読をお勧めいたします。

西田幾多郎は現石川県かほく市森で、西田得登の長男として生まれます。西田家は代々十村と呼ばれる富農で、身分的には夏目家の名主に似ていますが、庄屋などよりも身分が高い名家ということです。

「この西田家の没落についても、われわれは新時代に順応できずに挫折していった旧家の姿を見て取ることができるが、夏目家の没落同様、やはりここでも投機とか投資といった新たな経済原理の犠牲者を確認することができるだろう」

と佐伯氏は述べ、そもそもの原因として、長期にわたる家父長制度の歴史が関係していると指摘します。この制度の下では、全ての権威権限を体現した家長の行動や判断は、家族成員にとってはそのまま従うべき『模範』として機能してきました。当人たちの意志を無視して勝手に息子夫婦の離縁を決めた西田の父親や、子供を物品のようにして里子や養子に出し入れした漱石の父親、これらの理不尽な行為がそのまま容認されたのも、彼らが家長だったからにほかならないのです。

……父親の欠落によって超自我の形成が弱い場合には、戒めや罰への怖れが少ないだけ自己制御が弱くなると述べたが、これは必ずしもマイナスの結果ばかりとはいえない。弱い自己抑制は逆に自己主張や反発心と合流しうる。もっと積極的に表現するなら、権威にとらわれない自由独立の精神が生まれやすいということである。自立のためには、どのみち心理的な『父親殺し』が必要だとは、同じく精神分析理論の基本知識である。

（佐伯啓思『西田幾多郎　無私の思想と日本人』30頁）

続いて、こうした観点から見ると、西田も漱石も若い時から人並み以上の反骨精神や独立心をもっていた人物であることがわかる、と氏は指摘しています。私としては何か分かったような気がしたところです。

両者は、ほぼ同時期に東京帝国大学で学びますが、漱石は英文学本科卒、片や西田は文学哲学科専科卒です。専科はいわば聴講生というような扱いで、その身分差は大変なものだったとのことです。したがって、両者は大学時代も直接的な交友はなかったようです。

ただ、両者に共通することについては、

「むしろ自由独立を求める反骨精神である。面白いのは、こうした漱石や西田に宿った新しい近代啓蒙の考え方が、消失していく江戸気質や武士道精神の言葉で表現されたという、歴史の皮肉というか妙である。」（前掲書　42頁）

と、分析しています。

更に、佐伯氏は次のように分析していきます。

漱石のイギリス文学や西田のドイツ哲学というように、彼らが知的方面において一級の西洋通であったことはよく知られているが、同時に彼らは身体的にも（筆者注・ボート、テニス等の）西洋スポーツの最初の享受者であったということである。言いかえれば、それだけ心身両面において初めて西洋を身につけた世代だということである。そして、だからこそ抱えざるをえなかった彼らの固有の問題が生じた。それが西洋か東洋かという選択の問題にほかならない。今日の目からすれば、このような両極端化は余計なイデオロギーを生み出すだけで生産的ではないということができるかもしれない。だが、彼らの世代にはそれは深刻な問題であった。

（前掲書　108、109頁）

この氏の「生産的ではなかった」との指摘には異論があるかもしれません。

加えて、漱石、西田の共通項を見ると、既に記したようにその没年は漱石が第一次大戦中の一九一六年。西田は一九四五年の第二次大戦終結直前で、二人の生涯は戦争に始まり、戦争に終わりました。そして、二人にとって最初の切実な戦争は日露戦争でしたが、この戦争に対する二人の態度には大きな温度差、切実度の違いがあったと述べています。日露戦争で、西田は二人の近親者を失っています。石川県専門学校の学友と、旅順で戦死した西田の愛する弟憑次郎です。夏目漱石と共にわが子を失ったときの感情においては共鳴しあったものの、日露戦争、とりわけ戦死に関しては二人の間には大きな温度差があった、と指摘しています。

◇両者の門下生

更に、門弟との関係においても両者にはひとつの共通項があります。漱石に近づいてきた青年たち、小宮豊隆、鈴木三重吉、森田草平、野上豊一郎、安倍能成、久米正雄、芥川龍之介等々の漱石山房の集まりです。その関係は「父」を中心に形成された、いわば疑似家族共同体であり、小宮などは自分の家のように漱石家に出入りしております。門下生の一人である松岡譲は漱石の長女筆子と結婚という具体的な形でそれが表れています。片や、西田においても、その門弟ともいうべき京都学派の哲学者たちの三木清、高坂正顕、高山岩男、上田操、金子武蔵等々において疑似家族共同体の様相を示しております。漱石同様、上田は西田の長女彌生、金子は六女梅子と結婚しております。

◆大東亜戦争と西田哲学

◇西田哲学の影響

……例の大東亜戦争イデオロギーと名指しされた民族国家の世界史的使命、という京都学派の思想が、いかに西田幾多郎の歴史哲学をよりどころとしているかはあきらかでしょう。ここで、「個性的な自己」といっているものを、歴史的世界における民族や国家に置き換えれば同じ論理がでてくるからです。民族がひとつの国家として独自の個性をもつには、歴史的使命をもつほかない。ここに「国体」というものの自覚がでてくるのです。

それは、自己の底に世界を映し出し、世界に於いて自己を生かすことで、その意味では、決して自民族中心主義でもなければ独善的ナショナリズムでもありません。歴史的使命をもつとは、世界の創造的要素となる、ということです。「民族がかく個性的となると云うことは、それが歴史的形成的であり、歴史的使命を担うと云うことでなければならない。国体とはかかる国家の『個性』である」ということになるのです（「国体」）。

（佐伯啓思『西田幾多郎　無私の思想と日本人』１９８頁）

しかしながら、こうした西田の歴史哲学は、あの苛烈で混沌とした力と力の対決の時代にはほとんど現実性をもちませんでした。あるいはその表層の言葉だけをすくいあげられて、日本の「世界的使命」だとか「歴史の創造的主体」だといった観念だけが独り歩きしました。その意味では、京都学派の試みは、明らかに失敗したのです。戦争イデオロギーとして失敗したのではありません。帝国主義的な力の対決という歴史的現実を変えることに失敗したのです。状況を変えることができなかったのです。

西田がやろうとしたことは「日本的な思想」を内蔵した「日本」という個性をもって、世界の創造的力点としようということでした。しかしそれはまた、当時の歴史的状況のなかで歴史に動かされながら作用するほかはないものでした。すでに、戦争へ向けて駆動する歴史の威力に抗することはできなかったのです。何よりも、日本人自身が西田の意図をほぼ理解できなかったと言わねばなりません。とはいえ、彼が「思想」という、もろくも危うい営みだけを頼りに悲惨な戦いを挑んだということだけは記憶されるべきでしょう。

◇西田哲学と戦時思想

小林氏は『夏目漱石と西田幾多郎』の序章で次のように記しています。

漱石は、西洋においては開化が「自然の波動を描いて甲の波が乙の波を生み乙の波が丙の波を押し出すように内発的に進んでいる」とすれば、日本の開化はあくまで「外発的」で、「新しい波が寄せる度に自分が某中《その》で食客《いそうろう》をして気兼ねをしている様な」ものだというが、この指摘は、こと「思想」と呼ばれるものに関するかぎり、明治維新の三〇年後だけでなく、一五〇年たった今日の日本にも依然として当てはまる。たとえば、第二次大戦以後今日までの「思想」の変遷を振り返ってみるだけでも、マルクス主義、実存主義、現象学、構造主義、ポスト構造主義、分析哲学等々といった流行の波が押し寄せ、人々はそのつど狼狽しながら流行の輸入作業に余念がなかったものの、そのほとんどが実をむすぶこともなく、いたずらに瓦礫の山を築いただけであった。その結果今日の思想や政治意識の空洞化である。……

漱石も西田も早くから日本におけるこうした思想の危機を予想し、危惧していた。危惧の対象は主として消化されない思想や理念とその結末であるが、彼らの危惧はそういう日本側の表面的な受容だけに向けられてはいなかった。受容される当の西洋近代自体が抱える問題をもいち早く見抜いていたからである。まさに思想における内憂外患が彼らの置かれた立場であった。

（小林敏明『夏目漱石と西田幾多郎』10、11頁）

その上で、西田は漱石のように距離を取って外からの戦争批判を行って済ますというわけにはいかなかったと指摘、西田及び京都学派の戦争問題とその経緯を以下のように述べていきます。

一九三〇年代に入って、軍部とりわけ関東軍や陸軍の独走に歯止めがかからず、満州から中国本土への侵略、五・一五事件、二・二六事件等々が起こります。そして、一九三七年、反軍部の期待を背負った第一次近衛文麿内閣が成立します。近衛はご存じのように、河上肇に憧れて一高から京大に移り、そして西田の教え子となりました。そこに学習院時代の仲間も加わるわけです。したがって、軍部とは直接関係をもたない近衛への期待、最後の望みも西田には大きかったのです。一方、陸軍の突出に並行するように、民間でも蓑田胸喜のような狂信的なイデオローグ（デマゴーグ）が「原理日本」などで盛んに知識人狩りの論説を書き、その矛先は左翼のみならず美濃部達吉、滝川幸辰、大内兵衛、津田左右吉、京都学派にも及びます。西田には右翼テロの噂も流されておりました。

更に、門下生である最愛の三木清が近衛のブレーンともなるべく、一九三三年に発足した「昭和研究会」に近衛内閣発足と同時に加わります。そして、例の「国民政府を対手とせず」と宣言した近衛の「東亜協同体論」の構想造りに参加していきます。結果的にはこの「最後の希望」だった近衛も陸軍のマリオネットにされてしまいます。その昭和研究会も大政翼賛会成立後の一九四〇年には解散しました。なお、三木清はその運動を利用して最後まで何とか別の道を画策しようとしたのですが、特高に捉えられ、敗戦の翌月、出獄を前にした一九四五年九月二十六日、四十八歳で獄死します。西田も終戦の一九四五年、七十五歳で死去します。死因は尿毒症とのことです。

西田のほうは早々に近衛を見限っていましたが、陸軍、海軍とも西田の名声及び京都学派を利用していきます。文芸誌『文学界』が「知的協力会議」と銘打って主宰した「近代の超克」の座談会や、『中央公論』が企画した一連の座談会に京都学派が参加します。この一連の座談会は、当時の有名な文学者、学者、芸術家たちが一堂に会してアジア太平洋戦争を思想的に意味づけようと試みた集まりとして、戦後厳しい批判にさらされてきたわけです。

陸軍、海軍からも西田の名声を利用しようという状況が生まれます。加えて、軍部とは違う民間で独自の政策構想を図る「国策研究会」に請われ、「世界新秩序の原理」を発表するに至ります。このことについて、小林氏は次のように記しています。

> 西田がこうした抽象的で危うい言い回しで訴えたかったのは、おそらく健全な『科学、技術、経済の発達』であり、偏狭な国粋主義にとらわれず「自己に即しながら而も自己を越え」るような普遍的見地に立った世界政治であった。しかし、この「世界史的使命」は、東条はもちろん、アジアにおける日本の覇権をもくろむ軍部にはまったく理解されることがなかった。かくて西田もまた漱石と同じように、戦争の中で失意のまま死んでいかざるをえなかったのである。
>
> （前掲書　１８２頁）

今日なら「グローバル世界」と呼ばれる事態を西田は「世界史的世界」と呼びました。そして日本は、明治という新時代の始まりと同時にそれを自覚していました。京都学派の「近代の超克」論議は、こうした近代世界システムへの批判の試みでしたが、哲学者の空論気味の言説は、無力にも戦争というシビアな現実に飲み込まれてしまったのです。第一次大戦の中で死んでいった漱石は、彼ら以上に、言説を無意味化してしまう戦争の非情な性格を感じ取っていたのかもしれないと小林氏は指摘しています。（参考　前掲書　１９２頁）

◆「永遠の今」と無始無終の時間

佐伯氏は『西田幾多郎』の中で、極めて分かりやすく西田幾多郎の哲学を解説しておりますす。氏が持ち続ける思想の展開でもあり、私にとっては共感すると共に極めて重要な指摘と思います。

「進歩」という観念の背後には、過去、現在、未来へと突き進む直線的な時間の意識がなければなりませんが、西洋で、この直線的な時間の観念を明瞭に生み出したものはユダヤ・キリスト教だといってよいでしょう。

……だからユダヤ・キリスト教の西洋では、人は、最後の審判に向けて、正しく生き、勤勉に生をまっとうするほかありません。禁欲が日常生活のなかにまで入り込んできます。ところが、近代も進んでくれば、もはや誰も簡単には神など信じなくなりました。こうなると深い信仰心に代わって、軽い利己心が支配し、禁欲は強欲へと変わってゆく。しかし、ユダヤ・キリスト教が生み出した直線的な時間意識だけは残ってしまうのです。……かくて無限の経済成長、自由の拡張、富と幸福の追求、世界のグローバル化といった今日の神話は、時間と世界を作った絶対神を前提にするユダヤ・キリスト教的な思考の世俗化といってよいでしょう。近代にはいって「神」を抜き取られ、この構造だけが残ってしまった。そして近代化とともに、われわれすべてがこの不気味な構造に投げ込まれたのです。

（佐伯啓思『西田幾多郎　無私の思想と日本人』２２３〜２２６頁）

◆日本の思惟

日本の思惟、とりわけ仏教的な思想には、この世の創造も終末もないと佐伯氏は指摘しています。

日本には西洋と同じ意味での歴史という観念がありません。歴史とは、ゆく川の流れの如くに次々と時が去ってはまた来る、といった趣のものなのです。この無始無終の時間を表象するのに、われわれはひとつの瞬間を取り出しました。もしも、時間に始まりも終わりもなく、間の流れの全体（歴史）には特別な意味がないのだとすれば、大事なのは、今ここでの瞬間だけだからです。

人は身体の中に、記憶や習慣として過去が蓄積されています。こうして「今」のなかにすべての「過去」が入り込んでいるのです。また、同じように、人は常に未来を気にし、未来を予測しながら生きているものだとすれば「今」のなかに「未来」も入っているのです。

西田にとっては、過去へ向かう記憶も、そして未来へ向かう意志もともに、まさに今ここでの「純粋経験」にほかならないと佐伯氏は言います。世界や時間の外にあって、万物の創造者としての「神」を持たない日本人にとっては、時間は「ただ今」の延々たる移行というほかはありません。人は、そのようなものとして「時」を感じるはずだと。そして氏は、次のようにわれわれに警告するのです。

……我が国の文化の特徴として「情的」なところがある。それは「知的」なものへ傾く西洋とも、また「行的」なものへと傾く中国とも違っている。老荘思想にも見られるが、「時」は無より来りて無へ帰る。時は「絶対の自己限定」である。そこでは、常に「無」が根底にあるので、「形」を持って今ここにあるものも、その背後に「無」が透かし見られる。……「有の思想」である西洋に対して、日本の根底にあるのは「無の思想」だというのです。もしも、われわれの生活のなかにある一瞬一瞬を「永遠の無」に触れる「今」と感じることが日本人の時間感覚に埋め込まれているとすれば、われわれは、もう少し「今」を大切にするのではないでしょうか。

……西田は、このような「情」をもつことが日本文化の特性だと考えていました。そして「特殊性を失うということは文化というものがなくなるということである」といいます。文化がなくなることはその国の国民性がなくなることです。端的に言えば「日本」がなくなる、ということなのです。西田のこの言葉は、無条件にグローバルで普遍的な価値や理念を追い求め、それをよしとする今日のわれわれの「脱日本化」にとってはあまりに耳の痛いことではないでしょうか。

（前掲書　236頁）

昨今の目に余る節操を欠くマスメディア。更にはテレビに頻繁に出てくるジャーナリストと称される人たちの厚顔。加えて、佐伯氏が指摘するような過度なグローバリズム、経済競争や成長至上主義やモノの浪費という現状にあって、この指摘に私は深い共感を覚えるのです。

◆おわりに

これらは書籍を読んで私なりに勝手に解釈したものですので、本来の著者のお考え、あるいは訴えたいこととは離れていることもあるでしょう。でも読者とはそんなものなのかもしれない、とこれまた私は勝手に解釈しております。いずれにもせよ私にとっては、読み比べの上で、とても参考になるものでした。

本来であれば悲哀の哲学、すなわち「哲学の動機は驚きではなくして深い人生の悲哀でなければならない」という西田哲学の一端でも紹介できればいいのですが、いまだ私にはその力がなく、このような長々しいものになりました。いずれ近いうちに、その哲学を少しでも知りたいとは思っております。

主な参考図書

小林敏明『夏目漱石と西田幾多郎　共鳴する明治の精神』岩波新書　二〇一七年

佐伯啓思『西田幾多郎　無私の思想と日本人』新潮新書　二〇一四年

同　『日本という「価値」』ＮＴＴ出版　二〇一〇年

同　『反・民主主義論』新潮新書　二〇一六年

夏目房之助『漱石の孫』実業之日本社　二〇〇三年

十川信介『夏目漱石』岩波新書　二〇一六年

むすびにかえて

◆膵臓癌の宣告、手術に向かって

二〇二二年十一月十五日に、「文芸社の話題の10冊」の一冊として、拙著『メディアの正義とは何か　報道の自由と責任』が毎日新聞に写真入りで紹介されました。私としては好評なのだなと喜んでおりました。

その数日後の十一月十八日、かかりつけの「きくかわクリニック」で、専門医の齋藤先生により閉塞性黄疸と診断され、東京板橋区の日大病院に即入院。翌日に胃と、胆嚢・大腸他を繋ぐ箇所にプラスチック管を入れる、いわゆるステント手術をいたしました。家内も呼ばれ、その閉塞性黄疸の要因は膵臓癌によるものと診断されました。

宣告の段階では、私も八十二歳になりますので、これも私の寿命と一旦は思い、親友で未だ現役の南雲定孝氏にその旨を伝えました。すると、「清宮の心境等はよく分かった、ただ清宮は挑戦、挑戦の人生であった。人間もいずれは死を迎えるが、最後まで挑戦するのが清宮ではないか。俺も心臓の持病がある。お互い、お互い最後まで頑張ろう」とのメッセージをもらいました。

癌宣告の知らせを受け、私の最後の職場の元幹部（役員）で弊ブログにも素晴らしいコメントを下さる中村克之氏、並びに私の秘書的業務をも担ってくれた茶谷敬子女史とで支援グループを作ったと連絡がありました。

加えて、岡谷鋼機（株）時代、私より数年先にニューヨークに赴任し、公私に亘りお世話になった後輩の荒瀬康雄氏より電話が入りました。彼は嗚咽しながら、「……清宮さんはこの世に必要な人なのです。……何でもしますから……」と言ってくれました。当初は家族以外、その四人にしか私の状況並びに心境は伝えていませんでした。

一時は従容と死を受け入れる覚悟をしましたが、皆さんの素晴らしい支援に私の心境も一転し、最後まで頑張ろうと決意しました。その後のCT、レントゲン、内視鏡検査、血液検査等々したところ、現在の医師団の検査結果・診断では癌の転移はないとのことで、手術をめざし、緊急で挿入したプラスチック管から、長期間堪えられる金属製のパイプに交換しました。約二週間の入院を経て退院。

「清宮さんは八十二歳ですが、体力もあるし膵臓癌には手術でいこう。最終的にはこの十二月十四日にMRIをし、十五日に消化器の外科医とも相談し、手術の是非を決める」というこになりました。その後、結果的には手術をやめ、膵臓癌と闘っていくことになりましたが、私は全てを先生方にお任せすることに決めました。

そんな現状を踏まえ、弊ブログ「清宮書房」に既に投稿していた、「改めて、自らの後半の半世紀を顧みて」に、現状を加えた補足をするとともに、私の仕事人生に大きな影響と勇気を与えてくれた「『戦艦大和の最期』の吉田満を巡って」。加えて、自由の時代に遭遇した一冊の本「小島政二朗『小説　永井荷風』に遭遇して」等も併せて一冊の本にまとめ、残しておくこともひとつの意義を持つかもしれないと考えた次第です。

なおこれらは、総アクセス数六万六〇〇〇台になった弊ブログのアクセス上位三位に入る人気記事でもあります。

そこで、今回も、前回と同様に文芸社出版企画部の田口小百合氏並びに編集者の今泉ちえ氏に書籍制作をお任せすることにいたしました。私の心の奥底まで見通し、ブログから書物の形態に見事に推敲していただいたこと、まことに感謝しております。

既出ではありますが、病気がちの遠藤周作が『心の夜想曲』に、「六十歳になる少し前ごろから私も自分の人生をふりかえって、やっと少しだけ「今のぼくにとって何ひとつ無駄なものは人生になかったような気がする、とそっと一人で呟くことができる気持ちになった」と記しています。僭越至極というか場違いですが、私の八十数年を顧みて、そんな想いを抱いています。加えて、その時々にお会いした方々、素晴らしい友人、先輩、後輩に恵まれ、改めて感謝の思いを伝えます。

更に六十年近くに亘り、常に寄り添ってくれた家内には、何としても、今後、恩返しをしなければなりません。

著者プロフィール

清宮 昌章（きよみや まさあき）

1940（昭和15）年８月、東京本所で生まれる。現在、東京都在住。

1964（昭和39）年、横浜市立大学商学部卒業。同年、岡谷鋼機（株）に入社し、東京支店財務課に配属。1978（昭和53）年、米国岡谷鋼機（株）ニューヨーク本社駐在。トレジャラーを務めた後、1984（昭和59）年に帰国。半年間の経理部本部を経て、人事総務本部・企画担当。1992（平成４）年貿易統括室長。その後、初代海外事業部部長。1997（平成９）年に山崎商工（株）（現在、岡谷マート株式会社）へ離籍出向し、常務、専務を経て社長に就任。2001（平成13）年、任期退任。その後、拓殖大学アジア塾及び国際塾に通いながら、神戸の建築会社の非常勤顧問として経営全般を担当。請負契約中途解除事件の裁判事件で全面勝訴を取る。傍ら、練馬区の生涯学習団体「すばる」の事務局長兼副会長の地元活動に従事。

2002（平成14）年、東京都のナレッジバンク・人材開発機構の支援員として数社のNPO法人の支援に加え、訪問介護のNPO法人「むすび」の監事。2006（平成18）年12月、中堅の機械・非鉄専門商社の顧問として経営の陣頭に立つ。2011（平成23）年、顧問を退任。「むすび」を含め全て退き、現在は、午前中は自宅から歩いて数分のテニスクラブでのテニス、午後からは読書中心の気ままな日々を送る。

著書 『書棚から顧みる昭和』（言の栞舎、2014年、自費出版）
『メディアの正義とは何か　報道の自由と責任』（文芸社、2022年）